AF094203

www.ingramcontent.com/pod-product-compliance
Lightning Source LLC
LaVergne TN
LVHW010357070526
838199LV00065B/5847
* 9 7 8 9 3 6 9 0 8 6 4 2 9 *

عورت کا دل

(افسانے)

نقی نور دہلوی

© Naqi Noor Dehlvi

Aurat ka Dil *(Short Stories)*

by: Naqi Noor Dehlvi

Edition: May '2025

Publisher :

Taemeer Publications LLC (Michigan, USA / Hyderabad, India)

ISBN 978-93-6908-642-9

مصنف یاناشر کی پیشگی اجازت کے بغیر اس کتاب کا کوئی بھی حصہ کسی بھی شکل میں بشمول ویب سائٹ پر اَپ لوڈنگ کے لیے استعمال نہ کیا جائے۔ نیز اس کتاب پر کسی بھی قسم کے تنازع کو نمٹانے کا اختیار صرف حیدرآباد (تلنگانہ) کی عدلیہ کو ہو گا۔

© نقی نور دہلوی

کتاب	:	**عورت کا دل** (افسانے)
مصنف	:	**نقی نور دہلوی**
صنف	:	فکشن
ناشر	:	تعمیر پبلی کیشنز (حیدرآباد، انڈیا)
سالِ اشاعت	:	۲۰۲۵ء
صفحات	:	۱۱۲
سرورق ڈیزائن	:	تعمیر ویب ڈیزائن

فہرست

(۱)	لغزش	9
(۲)	گناہ	24
(۳)	پریم پجارن	37
(۴)	بیوہ	46
(۵)	ٹھوکر	70
(۶)	محبت کا نذرانہ	78
(۷)	کسوٹی	84
(۸)	عورت کا دل	103

اِنتساب

ٹوٹے ہوئے دل کے یہ بے آب ٹکڑے

اِس جنّت نصیب روح کی نذر ہیں

جس کی جاں نواز زندگی کو میری بدنصیبی نے

افسانہ بنا دیا۔

سوگوار نقی نورؔ

پیش لفظ

افسانچہ اردو میں پرانی صنف نہیں لیکن تھوڑی سی مدت میں اس نے جو ترقی اور تنوع حاصل کیا حیرت انگیز ہے۔ آج کوئی مقتدر رسالہ ایسا نہیں جس کی ہر اشاعت میں کوئی افسانچہ نہ ہو اور ہر افسانہ میں عموماً کوئی نہ کوئی دلآویز بات ہوتی ہے۔ افسانچوں کا زیر نظر مجموعہ میرے مہربان دہلی کے نامی جادو نگار محمد نقی صاحب نور کے رشحات طبع کا گلدستہ ہے چونکہ آپ کی طبیعت سے تصنع اور تکلف دُور دُور ہے جو آپ کے افسانچوں میں بھی واقعیت اور حقیقت نگاری تخیل کی بلند پروازی کے مقابلے میں زیادہ نمایاں ہے۔ میں اسے پسند کرتا ہوں

ہمارا زیادہ تر وقت کنبے کے لوگوں اور اعزا و احبا میں صرف ہوتا ہے اور انہیں کے جذبات و خصائل کی آئینہ داری اور ان سے متعلق اصلاحی اشارات نقی صاحب کے ہاں زیادہ پائے جاتے ہیں۔ نفسیات کا پہلوان افسانچوں میں نہایت اعلیٰ اور صالحانہ ہے۔ محیر العقول الٹ پھیر اور ہنگامہ آرائی نہ ان کی زندگی میں جگہ رکھتی ہے۔ نہ اُن کے افسانچوں میں۔ کہانی رفتہ رفتہ اوپر کو جاتی ہے اور جب وہ تمت کو پہنچتی ہے تو پڑھنے والے کو گمان ہوتا ہے اور وہ کہہ اُٹھتا ہے کہ کبھی یہ واقعہ تو کہیں ہو چکا ہے۔ داستان کا کمال اس سے زیادہ اور کیا ہو سکتا ہے۔ عزنیت سے ان کو رغبت نہیں معلوم ہوتی اور یہ ہے بھی ٹھیک ہماری زندگیوں میں کڑھنے اور بسورنے کے سامانوں کی کونسی کسر باقی رہ گئی ہے کہ جب ہم کشاکشِ حیات اور دنیا کے الجھیڑوں سے تھک اور اکتا کر دل بہلانے

کو ایک کتاب اُٹھائیں تو اس میں بھی وہی رونا پیٹنا پائیں۔ حال تو یہ ہے کہ ع

اگر ہے عید کا اِک دن تو عشرہ ہے محرم کا

تھکا ہوا اور صدمہ رسیدہ دل نوحہ اور ماتم نامہ سے سکون پذیر نہیں ہوا کرتا نقی صاحب کے افسانچے دل بہلا دے۔ اصلاحی کنایوں اور ناصحانہ ہدایتوں سے معمور ہیں جن کی ضرورت روزانہ زندگی میں مبالغہ سے مبرا ہے، جو بات میرے دوست راشد الخیری دو سو صفحوں میں پیدا کرتے ہیں وہ بات نقی صاحب دس بارہ صفحوں میں دکھا دیتے ہیں۔

بلند آہنگی اور ہنگامہ کاری جیسی ان کے اشعار سے دور ہے ویسی ہی وہ افسانچوں میں سادگی اور بے ساختہ پن میں وہ بات پیدا کر جاتے ہیں جس پر ہزار تکلف اور تخیل پردازی کی سحر آفرینیاں نثار ہوں۔ ہر افسانچہ دل چسپ اور نتیجہ خیز ہے، اور طبیعت کو پیام عمل دیتا ہے۔ زبان کتنی فصیح اور محاورہ کتنا دلآویز ہے ساحل اپنی صحت اور فطرت پرستی میں واقعیت کا سرتاج ہے۔

افسانچوں یا افسانوں میں زمین آسمان کے قلابے ملانا اور ایک سے زیادہ منتہا پیدا کرنا ڈرامے اور افسانے کا نقص ہے۔ جو ان افسانچوں کو چھو نہیں گیا ان کے ہاں پلاٹ کا صعود خود بخود ہوتا ہے۔ گیند کی طرح اوپر کو اُچھالا نہیں جاتا یہی وجہ ہے کہ آپ کے افسانچے ہماری روزانہ زندگی کے آئینہ دار ہیں۔ اور فنیت کے کمال کے عمدہ نمونے ہیں۔

میں نقی صاحب کو اس مجموعے کی اشاعت پر مبارکباد پیش کرتا ہوں اور امید کرتا ہوں کہ جو انداز انہوں نے اختیار کیا ہے اسی کو لئے رہیں گے۔

برجموہن دتاتریہ کیفی

لغزش

ایک زمانہ ہوا

کہ میں اپنے باپ کے ساتھ مال روڈ پر ایک چھوٹے سے خوبصورت بنگلہ میں رہا کرتی تھی۔ میرے والد ریلوے کے محکمہ میں معقول تنخواہ پر ملازم تھے ان کے احباب میں ریلوے کے بڑے بڑے افسر شہر کے اعلیٰ حاکم لکھے پڑھے اور ترقی یافتہ لوگ تھے آبا نے مجھے شہر کے سب سے بڑے زنانہ اسکول میں داخل کیا تھا۔ اس کے علاوہ میری تعلیم کے لئے ایک مسٹرلیس بھی رکھی تھی۔ دسویں جماعت پاس کر کے میں نے پڑھنا چھوڑ دیا اور آرام سے زندگی گزارنے لگی۔ صبح سے شام تک ناول پڑھنا۔ شام کو عورتوں کے کلب یا سنیما میں چلے جانا یا کبھی کبھی کسی پارٹی میں شریک ہو جانا۔ پھر دس گیارہ بجے تک گپیں ہانکنا اور سو جانا بس میری زندگی کا یہی معمول تھا۔

اسکول چھوڑنے کے ڈیڑھ سال بعد ابا کا انتقال ہو گیا۔ لوگوں کی توقع کی نسبت آدھا اثاثہ بھی وہ ہمارے لئے نہ چھوڑ سکے اور چھوڑتے بھی کیسے؟

تین سو روپے مہینہ کی تنخواہ ڈیڑھ سو روپیہ بالائی آمدنی زیادہ سے زیادہ پانسو روپیہ ماہوار ہو جاتا تھا۔ اس کے برعکس مال روڈ کی مغربی زندگی خانساماں بہرے، چوکیدار، مالی، موٹر، سوٹ بوٹ، سنیما، تھیٹر، کلب، ٹی پارٹیاں۔ اب بتایئے ان اخراجات کے آگے پانسو روپے ہوتے کیا ہیں؟

ان کے مرنے کے بعد چند دن میں رکھی ڈھکی جو پونجی تھی وہ بھی ختم ہو گئی اس

کے علاوہ دو چار چیزیں جو انہوں نے میری شادی کے لئے تیار کی تھیں ۔ زد بھی ٹھکانے لگ گئیں۔ اب گزارے کے لالے پڑ گئے ۔ بڑی پریشانی تھی۔ کبھی میں خیال کرتی کہ نوکر ہو جاؤں، پھر آپ ہی کہتی کہ مجھ سے نوکری ہو گی کس کی آخر بڑے سوچ بچار کے بعد میں نے تہیہ کر لیا کہ میں ٹریننگ کالج میں داخل ہو جاؤں اور استانی کا امتحان دے کر کسی اسکول میں نوکر ہو جاؤں ۔ اس نوکری کے سوا ایک نازو نعم کی پلی لکھی پڑھی شریف لڑکی کر بھی کیا سکتی تھی ــــ؟

ٹریننگ کالج میں داخل ہو گئی ۔

اپنے اسکول کے زمانے میں کبھی بھی میں نے محنت نہ کی تھی۔ تمام وقت تفریح اور فیشن پرستی میں گزار دیا کرتی تھی۔ لیکن ابا کی غیر متوقع موت اور بعد کی پریشانیوں نے میرے دل کی دنیا ہی بدل ڈالی تھی ۔ اب میں رات دن امتحان پاس کرنے کی دھن میں لگی ہوئی تھی اور بے انتہا محنت کر رہی تھی۔

موجودہ زمانے کے ٹریننگ کے کاموں کے مقابلے میں ہمارا کام بہت کم تھا کیونکہ یہ وہ زمانہ تھا جب ہندوستان میں بچوں کی تعلیم کے لئے نئے طریقے ابھی وجود میں بھی نہ آئے تھے اور علم الاطفال میں بہت کم لوگوں کو مہارت تھی۔ لیکن مجھے خاص طور پر بچوں کی تعلیم و تربیت سے دلچسپی تھی اور میں ان طریقوں کو بہت اچھی طرح ذہن نشیں کر رہی تھی جن سے بچوں کی صحیح تعلیم و تربیت ہو سکتی ہے ۔

امتحان ہوا اور میں چوتھے نمبر پر پاس ہو گئی ۔ لیکن اتفاق دیکھئے کہ اس وقت کسی زنانے اسکول میں کوئی جگہ خالی نہ تھی اور میرا تقرر شہر کے ایک مخلوط پرائمری اسکول میں ہوا۔

مجھے بچوں سے ہمیشہ سے محبت تھی اور بچے مجھ سے محبت کیا کرتے تھے۔ ابھی اسکول میں آئے ہوئے مجھے چند دن ہی ہوئے تھے کہ بہت سے بچے مجھ سے محبت کرنے لگے اور دو چار تو ہر وقت مجھے گھیرے رہتے تھے۔ اس کی ایک وجہ یہ بھی تھی کہ میں اسکول کے تمام اُستادوں اور اُستانیوں میں سب سے زیادہ کمسن تھی۔ اس لئے بچے مجھے اپنی ہی ہم عمر سمجھتے تھے جب میں کھیل کے میدان میں جاتی تو سب مجھے لپٹ جاتے کوئی کہتا مس عثمانی میری ہیں کوئی کہتا نہیں میری ہیں۔ کوئی بچی کہتی آؤ مس عثمانی ہمارے ساتھ کھیلو۔ کوئی کہتی اچھی ہیں ایک کہانی سنا دو۔ ابھی گھنٹی بجنے میں سات منٹ ہیں آؤ مس عثمانی، آؤ مس عثمانی۔ آہ یہ آوازیں مجھے کہاں پہنچا دیتی تھیں؟

بعض اوقات مجھے محسوس ہونے لگتا تھا کہ میں بھی بچہ ہی ہوں۔ آہ بچپن کا زمانہ بھی کیا عجیب ہوتا ہے۔

(۳)

میرے اسکول میں نوکر ہونے کے تھوڑے دن بعد ہی ایک نئے ہیڈ ماسٹر صاحب اسکول میں تشریف لائے ان کی عمر کوئی چوبیس پچیس سال کی ہوگی۔ لمبا قد۔ اکہرا بدن سانولا رنگ، بڑی بڑی آنکھیں ہنس مکھ چہرہ۔ جس وقت سب سے پہلے وہ میری کلاس میں آئے میں پڑھا رہی تھی جس وقت نگاہ اُٹھا کر میں نے ان کی طرف دیکھا تو ان کے ہونٹوں پر خفیف سی مسکراہٹ کھیل رہی تھی۔ میرا دل آپ ہی آپ زور زور سے دھڑکنے لگا۔ اور یہ معلوم ہوا جیسے کوئی میرے دل کو چھین رہا ہے۔ آخر بڑی مشکل سے میں نے اپنے اوپر قابو پاتے ہوئے اُن کے سلام کا دبی آواز میں جواب دیا۔

اس سے قبل میں بہت سے مردوں کی حریصانہ نگاہوں کی نشانہ بن چکی تھی

لیکن میرے دل پر ذرہ برابر بھی کسی نے اثر نہیں کیا تھا۔ مگر خبر نہیں کیا بات تھی کہ جب وہ میری طرف دیکھتے تھے تو میرے ہوش و حواس جلتے رہتے تھے۔ یہاں تک کہ چند دن بعد میں اس ڈر سے بچی بچی رہنے لگی کہ کہیں میری اس وارفتگی کا بھید نہ کھل جائے مگر جب کبھی ان سے آنکھیں چار ہو جاتی تھیں تو میرا سارا بدن ٹھنڈا پڑ جاتا تھا اور کلیجہ اڑنے لگتا تھا۔ اور جب ان کو دیکھے زیادہ عرصہ ہو جاتا تھا تو میں ان کے دھیان میں باؤلوں کی طرح باغ اور کمرے کے پھیرے لگایا کرتی تھی اور یہ واقعہ ہے کہ میرا اپنے جذبات کو چھپانا فضول ہی ثابت ہوا کیونکہ ایسی دیوانگی کبھی یکطرفہ نہیں ہوا کرتی۔

ہم ہر ہفتہ ٹیچر ز میٹنگ میں ملا کرتے تھے یا کبھی مکان جاتے وقت راستے میں ملاقات ہو جاتی تھی لیکن وہ بہت کم بات کیا کرتے تھے۔ انھیں دنوں اسکول میں ایک نیا طریقہ رائج کیا گیا جس کی وجہ سے ہیڈ ماسٹر صاحب پر خط و کتابت کا بہت بڑا بار ہو گیا۔ انہوں نے اس کام کے لئے اسکول بورڈ سے میرے متعلق سفارش کی اور مجھے تین گھنٹے ہیڈ ماسٹر صاحب کا کام کرنے کا حکم مل گیا اور کہہ دیا گیا کہ تین مہینے کے بعد مستقل آدمی رکھ لیا جائے گا جب تک تم یہ کام کرو۔

اب میں تین گھنٹہ روزانہ ہیڈ ماسٹر صاحب کے کمرے میں بیٹھ کر کام کرنے لگی۔ اس زمانے میں حقیقتاً میں اپنے آپ کو دھوکا نہ دے سکی کہ میں اس کی محبت میں ڈوبی ہوئی نہیں ہوں۔ مگر حتی المقدور میں نے اپنے جذبات پر قابو رکھا اور دنوں تک ہماری یکجائی میں کوئی نئی بات پیدا نہ ہو سکی۔

(۳)

ایک دن جمعہ تھا۔ دوپہر کے وقت وہ میرے پاس آئے اور کہنے لگے۔

مس عثمانی پرسوں مجھے سپرنٹنڈنٹ صاحب سے ملنا ہے صبح دس بجے موٹر میں بیٹھ کر پونہ جاؤں گا۔شام تک واپسی ہوگی۔تم بھی چلی چلو تو اچھا ہو چلوگی۔اس میں شک نہیں کہ مجھے پورا یقین تھا کہ میں ان کے ساتھ ضرور جاؤں گی چاہے اماں اجازت دیں یا نہ دیں، لیکن میں نے کہہ دیا کہ اماں اجازت دے دیں گی تو چلی چلوں گی۔

میں نے شام کو اماں سے کہا۔اماں مجھے سپرنٹنڈنٹ صاحب سے ملنے کا حکم ملا ہے۔پرسوں ہیڈ ماسٹر صاحب کے ساتھ جاؤں گی۔ان بے چاری کو کیا خبر تھی اور مستقبل کی کس کو خبر ہوتی ہے؟

انہوں نے اجازت دے دی اور ہم صبح کو تھوڑا سا کھانا ساتھ لے کر روانہ ہو گئے آہ وہ دن کتنا سہانا اور خوب صورت تھا۔مجھے تو ایسی خوشی کا دن پھر نصیب ہوا نہیں تھوڑی دیر میں وہ اپنے کام سے فارغ ہو گئے اور پھر دونوں پہاڑ کے دامن میں بیٹھ گئے۔وہیں ہم نے کھانا کھایا

موسم بہار۔پہاڑ کی خوش نما تلہٹی۔شاہ بلوط کے پھیلے ہوئے درخت کے نیچے دو نوجوان روحوں کی یکجائی اور تنہائی معاذ اللہ کتنا حسین اور ہوش ربا وقت تھا، وقت ہوا کی طرح گزر رہا تھا۔جس وقت انہوں نے گھڑی دیکھ کر کہا ہے تین بج گئے گھر پہنچنا ہے تو میرے مونہہ سے بے اختیار نکلا۔ادہو ابھی سے تین بج گئے ہیڈ ماسٹر صاحب ہاتھ سے اٹھنے کا اشارہ کرتے ہوئے کہنے لگے ہاں وقت کا پتہ ہی نہیں چلا چلو اب جلدی کرو۔اس دن کے بعد سے ہماری محبت کی پینگیں بہت تیزی کے ساتھ بڑھنے لگیں جب کبھی آنے جانے والوں سے فرصت ملتی تو ہم راز و نیاز کی باتوں میں منہمک ہو جاتے۔اگرچہ ہم اپنے تعلقات کو چھپانے کی ہر ممکن کوشش کر رہے تھے لیکن

دراصل ہم اس خطرے سے غافل ہو گئے تھے کہ ہیڈ ماسٹر اور ایک ٹیچر کے درمیان اسکول میں اس قسم کی باتوں کا کیا انجام ہوتا ہے۔

آہ محبت جب دل میں گھر کر لیتی ہے تو آنکھوں پر بھی پردہ پڑ جاتا ہے۔

(۴)

ہر اتوار کو ہم سیر کے لئے جنگل میں نکل جاتے اور خوب لطف رہتا تھا اور آہ انہیں دنوں میں ایک دن ؟ مگر اس دن سے آج تک کبھی میں نے ان کو ملزم نہیں ٹھیرایا درحقیقت جو کچھ مجھ پر بیتی وہ میری ہی غلطی کا نتیجہ تھا۔ آج مجھے اچھی طرح یقین ہے اور اس دن بھی سمجھتی تھی کہ اگر میں اپنی اندھی محبت میں اخلاقی قیود سوسائٹی اور مذہب کے قوانین کو نہ ٹھکرا دیتی تو وہ ایک شریف آدمی کی حیثیت سے اپنے اوپر ضرور قابو رکھ سکتے تھے۔ مگر اس وقت مجھے کیا خبر تھی کہ مجھے اس غلطی کی اتنی بڑی قیمت ادا کرنی پڑے گی اور اس لغزش سے میری ساری زندگی برباد ہو جائے گی۔

آہ عورت کا قدم اگر ایک دفعہ ڈگمگا جائے تو وہ کسی گھر کی نہیں رہتی۔ تہذیب و اخلاق کا مقدس قصر عورت کی پاکدامنی کی بنیادوں پر تعمیر کیا جاتا ہے اور جو عورت اس کا احترام نہیں کرتی اس کو ضرور اس کا خمیازہ بھگتنا پڑتا ہے۔ بھٹکی ہوئی عورت کے لئے دنیا دوزخ سے کم نہیں ہے.. اس کے بعد بہت دنوں تک مجھے ان سے تنہائی میں ملنے کا موقع نہیں ملا۔ کیونکہ حالات بدل گئے تھے ضمیر کی ملامت ہمیں اس پر بھی ملنے نہیں دیتی تھی۔

چند دن بعد میں نے اپنے آپ میں ایک تبدیلی محسوس کرنی شروع کی اور آہ میں ایسی نادان نہ تھی جو اس تبدیلی کو سمجھ نہیں سکتی تھی۔ لیکن مجھے یقین نہ آتا تھا

میں اپنے دل میں کہتی تھی غلط ہے یہ نہیں ہو سکتا۔ یہ محض میرا وہم ہے مگر ہائے رفتہ رفتہ میرا یہ وہم حقیقت میں تبدیل ہو جاتا تھا اور یہ فکر مجھے مار ڈالتی تھی کہ " اب کیا ہوگا" اب کس طرح دنیا کو مونہہ دکھاؤں گی، ماں کیا کہیں گی؟ رشتہ دار مجھے جہنم میں کیا تھوکیں گے۔

دنیا دکھڑوں سے بھری پڑی ہے۔ قدم قدم پر ہمیں مصیبتوں کا سامنا کرنا پڑتا ہے لیکن آہ اس سے برا دکھ اس سے بڑا عذاب اس سے زیادہ مصیبت دنیا میں کوئی نہیں ہے کہ ایک "غیر شادی شدہ عورت ماں بن جائے اس کا کوئی ساتھی نہیں ہوتا۔ موت کے سوا اس کا کوئی پردہ نہیں ڈھک سکتا۔

جوں جوں میری حالت خراب ہوتی جاتی تھی میں اُن سے کنارہ کش ہوتی جاتی تھی۔ اس عرصہ میں مجھے ان سے تنہائی میں ملنے کا موقع بھی نہیں ملا کیونکہ اب وہ تین مہینے ختم ہو چکے تھے۔ اب میں ہیڈ ماسٹر صاحب کے پاس ڈاک لکھنے کے لئے نہیں جایا کرتی تھی۔ مگر وہ خوب اچھی طرح سمجھ رہے تھے کہ کوئی خطرناک بات ضرور ہے جو یہ مجھ سے کترائی ہوئی ہے۔ آخر ایک دن چھٹی کے وقت وہ میرے کمرے میں آئے اور کہنے لگے عثمانی کیا بات ہے کچھ ناراض ہو؟ میری شکل سے کچھ نفرت ہو گئی ہے میں نے چپکے سے کہا میری طبیعت ٹھیک نہیں ہے میں اس وقت یہاں بات نہیں کر سکتی انہوں نے جواب دیا مگر اب مجھ سے برداشت نہیں ہوتا۔ خدا کے لئے بتاؤ کیا بات ہے۔

میں نے کہا۔ نہیں نہیں کوئی سُن لے گا۔ اس وقت بات کرنی ٹھیک نہیں ہے میں فقرہ مشکل سے پورا کرنے پائی ہوں گی کہ کسی کی قریب سے گزرنے کی آواز آئی وہ چونکے اور اچھا رات کو میں تمہارے گھر آؤں گا۔ کہہ کر چل دئے۔

(۵)

وہ رات مجھے ایسی یاد ہے جیسے کل ہی گزری تھی۔ آٹھ بجے وہ ہمارے گھر آئے میں نے اماں سے کہا کہ میں ہیڈ ماسٹر صاحب کے ساتھ ایک میٹنگ میں شامل ہونے کے لئے اسکول جا رہی ہوں۔

ہم دونوں گھر سے باہر نکلے اور سارا راستہ طے ہو گیا۔ مگر کسی کے مونہہ سے ایک لفظ بھی نہیں نکلا۔ پارک کے ایک ویران گوشہ میں گھاس کے فرش پر جب ہم بیٹھ گئے تب انہوں نے کہا۔

کہو عثمانی کیا بات ہے؟ کیوں اتنی ناراض ہو؟

میرے مونہہ سے ایک لفظ نہیں نکل سکا اس ہولناک بات کا ذکر کرنے کی مجھ میں ہمت نہ تھی۔ میں نے گردن جھکائی۔ آنکھیں زمین میں گڑی ہوئی تھیں آنسو بھی نہیں آتے تھے "خشک سسکیوں" سے سارا بدن تھرا رہا تھا۔

انہوں نے میرا مونڈھا ہلا کر کہا۔ عثمانی — عثمانی بولتی کیوں نہیں کیا ہوا ہے۔ خدا نہ کرے تمہارے دشمنوں کو کچھ ہو تو نہیں گیا —؟ کچھ بولو تو سہی آخر ہے کیا۔ آثار غیر نظر آرہے ہیں کیا؟ پیر تو بھاری نہیں پڑ رہا؟ یہ لفظ سنتے ہی میں پھوٹ پھوٹ کر رونے لگی۔ وہ بھی رونے لگے۔

تھوڑی دیر بعد وہ کہنے لگے۔ ہمیں فوراً شادی کر لینی چاہیے۔ کل صبح ہی میں اس کا انتظام کروں گا۔ تم فکر نہ کرو۔ سب معاملہ ٹھیک ہو جائے گا۔ میں نے سسکیاں لیتے ہوئے کہا" نہیں نہیں اچانک شادی ہو جانے پر دنیا جو طعنہ دے گی

اس کی سننے کی مجھ میں تاب نہیں ہے۔ وہ کہنے لگی "مگر عثمانی ذرا تم سوچو تو سہی کہ محض ایک یہی طریقہ ہے جس سے ہمارا پردہ ڈھک سکتا ہے۔"

میں نے کہا۔" اب تو پردہ ڈھک جائے گا۔ مگر جب پورے دنوں سے پہلے بچہ ہوگا تب ہم کیا کریں گے۔"

کہنے لگے "صبح ہی میں اسکول سے استعفیٰ دے دوں گا اور جو تم کہو وہ میں کرنے کے لئے تیار ہوں۔ میری پیاری کوئی صورت نکل آئے گی۔ تم گھبراؤ نہیں۔

وہ منت سماجت کرتے رہے۔ میں نے کوئی توجہ نہ دی جس وقت وہ مجھے گھر چھوڑ کر گئے۔ میں سیدھی اپنے بستر پر جا کر لیٹ گئی مگر ساری رات میں نے آنکھ نہیں جھپکائی۔ میں سوچتی رہی کہ اب ہماری پردہ پوشی کا قیمتی وقت ضائع ہو چکا ہے اب ہمارا شادی کے مسئلے پر غور کرنا فضول ہے۔ میری زندگی تباہ ہوئی ہے ہو جائے مگر اپنے ساتھ ان کو کانٹوں میں کیوں گھسیٹوں؟ ان کی زندگی کیوں برباد کروں؟

وہ جوان ہیں اور سمجھ دار۔ ترقی کے راستے ان کے لئے کھلے ہوئے ہیں۔ اگر اس وقت ان کے کیرکٹر پر کوئی دھبہ لگ گیا تو وہ ترقی کی تمام راہوں کو مسدود کر دے گا۔ آخر کار میں نے فیصلہ کر لیا کہ چاہے مجھے کتنی ہی تکلیفیں اٹھانی پڑیں مگر میں اپنی بدنامی سے ان کا دامن آلودہ نہ ہونے دوں گی اور ایسا ہی ہوا۔ وہ بہت دن تک میرے سر ہوتے رہے کہ شادی کرلو مگر میں نے صاف انکار کر دیا۔

(۶)

مہینہ دو مہینہ بعد اماں کو بھی معلوم ہو گیا۔ آخر اُن سے کیسے چھپ سکتا تھا انھوں نے ہر طرح سمجھا کر ڈرا کر مجھے اس پر آمادہ کرنا چاہا کہ میں اُن کے ساتھ شادی

کریوں مگر ان کی خوشامد اور دھمکیاں بھی میرے ارادے کو نہ بدل سکیں آخر یاں نے مجبور ہو کر یہ تدبیر نکالی کہ ہمیں تبدیلی آب و ہوا کے بہلانے سے پنجاب چلے جانا چاہیئے۔

ہم لاہور پہنچ گئے اور چار مہینے تک میں ان کے ساتھ وہیں رہی میری صحت بھی پہلے سے بہتر ہو گئی تھی اور سب سے بڑی بات یہ ہے کہ میں اجنبی لوگوں میں رہنے سے خوش تھی۔ کیونکہ وہ میری حالت سے واقف نہ تھے۔

آخر دسویں مہینے میرے ہاں بیٹا پیدا ہوا۔ ننھے ننھے ہاتھ پیر منّا سا چہرہ کیا پیارا معلوم ہوتا تھا مگر آہ میں چند دن بھی اس کو اپنے پاس نہ رکھ سکی کیونکہ تجویز کے مطابق تیسرے روز ہی اس کو کسی کو دیدیا گیا اور مجھ سے کہہ دیا گیا کہ تم کچھ فکر نہ کرو تمہارے پاس سے زیادہ اچھی طرح وہاں رہے گا۔ مگر آپ جانتے ہیں کہ اپنی اولاد کو کسی اور کو دے دینا ایک عورت کے لئے کتنا مشکل ہے۔ ہائے میں نے کلیجہ پر پتھر رکھ کر یہ بھی برداشت کر لیا کیونکہ میں سمجھتی تھی کہ اس کا گم ہو جانا ہی مجھے بدنامی سے بچا سکتا ہے

(۷)

سات، ساڑھے سات مہینے بعد ہم اپنے گھر واپس آ گئے۔ اس اثنا میں میرے بچہ کے باپ کا تبادلہ گجرات کے کسی ہائی اسکول میں ہو گیا۔ میں رخصت ختم کر کے پھر اپنی سابقہ جگہ آ گئی اور مجھے ذرا اطمینان ہو گیا کہ ایسے بے عزتی کی زندگی سے نجات مل گئی۔

میرا خیال ہے کہ میں اب پہلے سے کامیاب اُستانی ہو گئی تھی۔ میرے غموں نے مجھے سنجیدہ اور مستقل مزاج بنا دیا تھا۔ اب میں پوری توجہ کے ساتھ بچوں کی تعلیم و تربیت میں مشغول ہو گئی۔

اب میں پہلے سے زیادہ بچوں سے محبت کرتی تھی اور بچے مجھ سے محبت کرتے تھے۔ سب ٹیچر بھی میری عزت کرتے تھے۔ لیکن ایک مسز صاحبہ خبر نہیں کیوں مجھ سے کڑھتی تھیں۔ میرا بچوں سے محبت کرنا ان کی آنکھ میں کھٹکتا تھا جس وقت میں بچوں کو پیار کرتی وہ مونہہ بنا لیتیں۔

مجھے یقین تھا کہ میرے حال سے سب ناآشنا ہیں۔ اس لئے میں نے یہ سمجھ لیا کہ مجھ سے حسد کرتی ہیں اور کوئی بات نہیں ہے۔ مگر جوں جوں زمانہ گزرتا گیا میں نے اپنے دوستوں اور سہیلیوں کے طرز عمل میں تبدیلی محسوس کرنی شروع کی مگر پہلے پہل وہ اتنی خفیف تھی کہ میں خیال کرتی تھی کہ یہ میرا وہم ہے۔ مثلاً مجھے دیکھ کر کسی کے چہرے پر ہلکی سی سرخی دوڑ جاتی۔ کوئی راستے میں نگاہیں پھیر لیتا۔ کبھی کوئی مجھے آتا ہوا دیکھ کر کترا جاتا۔ مجھ سے ملاقات کرنے کے بجائے کمرے میں گھس جاتا۔ کبھی ہیڈ ماسٹر صاحب کا رخ پھرا ہوا پاتی۔ غرض یہ اور اسی قسم کی بیسیوں حرکتیں ہونے لگیں میری بدقسمتی کہ مجھ دکھیا کی سرگذشت کا حال بھی اسی استانی کو معلوم تھا جو مجھ سے جلتی تھی اس نے پہلے تو پھبتیوں اور طعنوں کے تیروں سے میرے کلیجے کو چھلنی کیا پھر بدنامی کی تلوار سے ایک دم میرے دو ٹکڑے کر دئے۔

اس کی دیکھا دیکھی دوسرے استادوں نے بھی مجھے چھیڑنا شروع کیا۔ یہاں تک کہ اسکول کی فضا پر برا اثر پڑا اور افسروں کو معاملے کی تحقیقات کی ضرورت پڑی۔

میرے متعلق کیا بیان کیا گیا مجھے اس کا تو کچھ پتہ نہیں کیونکہ میری پوزیشن ایسی نہ تھی کہ میں دریافت کرتی کہ مجھ پر کیا الزام لگایا گیا ہے لیکن میں خاموشی کے ساتھ استعفےٰ دے کر چلی آئی۔

(۸)

س کے بعد میری زندگی کا سب سے بُرا دور شروع ہوتا ہے۔ ضمیر کی ملامت نے مجھے اس قابل نہیں رکھا تھا کہ میں اپنی عزت و آبرو بچانے کے لئے ہاتھ پیر مارتی اور اپنے گناہ کو جھوٹ کے پردوں میں چھپاتی۔ جہاں میں جاتی یہ معلوم ہوتا کہ میری بدنامی میرے آگے آگے چل رہی ہے۔ جدھر میں جاتی مجھے محسوس ہوتا کہ لوگ مجھ پر انگلیاں اُٹھا رہے ہیں۔ کانا پھوسی کر رہے۔ پھبتیوں کا شور دور دور میرے کانوں میں گونجتا تھا۔ روز بروز میں سوکھ سوکھ کر کانٹا ہوئی جاتی تھی۔ سارا رنگ و روپ رخصت ہو چکا تھا اور اب میں محض اس حسین جمیل لڑکی کا چلتا پھرتا سایہ رہ گئی تھی جس کو کبھی میں آئینہ میں دیکھا کرتی تھی۔

ہائے میری بدنامی کی مصیبت ہی میرے لئے کیا کم تھی ایک نئی آفت پیدا ہوگئی وہ یہ کہ مجھے اپنے بچے کے دیکھنے کا شوق پیدا ہوا اور ایسا دیوانہ شوق کہ اس نے مجھے قریب قریب پاگل بنا دیا۔ کبھی میں اپنے آپ کو لعنت ملامت کرتی کہ تو نے اپنے بچے کو کیوں دے دیا آخر اس غریب نے تیرا کیا بگاڑا تھا۔ اس کا کیا قصور تھا ——؟ کبھی یہ خیال آتا کہ خبر نہیں وہ کہاں ہوگا۔ کس کے پاس ہوگا۔ کوئی اس کو کس طرح رکھتا ہوگا۔ خبر نہیں وہ عورت اس کو مارتی ہو۔ گالیاں دیتی ہو جب میں نے اپنے بچے کا خیال نہیں کیا تو اور کون کرنے لگا ہے۔ جب میں کسی کے بچے کو دیکھتی میرے دل پر ایسی چوٹ لگتی کہ میں بے حال ہو جاتی تھی پھر یہ نوبت ہوگئی کہ میں دن رات اپنے بچے کی تلاش میں گلیوں کوچوں میں ماری ماری پھرتی تھی۔ جب کبھی کوئی بچہ دکھائی دیتا میں اس کے پاس جاتی اس کو غور سے دیکھتی اور اکثر ایسا ہوتا تھا کہ جب کبھی میں کسی

کے بچے کو دیکھتی تو اس کی ماں یا دایا مجھے جھڑک دیتی یا ناک بھوں چڑھا کر بچہ کے اوپر کپڑا ڈھک دیتی یا لے کر سیدھی ہو لیتی تھی۔ اس وقت میرے دل کی کیا حالت ہوتی تھی۔ بس میرا دل ہی جانتا ہے۔ لیکن افسوس کہ سب جھڑکیاں اور مصیبت سہنے کے بعد بھی میں اپنے بچہ کو نہ پا سکی۔

آہ میری بدبختی کی ان آندھیوں نے میری ماں کی صحت پر بھی برا اثر ڈالا یہاں تک کہ ایک دن ان کی زندگی کا ٹمٹماتا ہوا چراغ بھی گل ہو گیا۔ اب میں دنیا میں اس دکھوں بھری دنیا میں اکیلی رہ گئی۔ کوئی ہمدرد تھا نہ رفیق نہ تن ڈھکنے کو چیتھڑا تھا نہ پیٹ بھرنے کو ٹکڑا۔ گلی گلی۔ کوچہ کوچہ بھوکی پیاسی تھکی ماندی بچے کی تلاش میں ماری ماری پھرتی تھی۔

(۹)

عید کا دن تھا —— انجمن آزادی نسواں کا سالانہ جلسہ بڑی دھوم دھام سے ہو رہا تھا۔ شام کے وقت میں بھی اتفاقاً ادھر نکل گئی۔ عورتوں کے غول کے غول چلے آ رہے تھے طرح طرح کے کپڑے رنگ رنگ کی ساڑھیاں عجیب سماں پیدا کر رہی تھیں۔ یوں ہی قدم بڑھاتے بڑھاتے میں بھی پنڈال میں پہنچ گئی جلسہ ابھی شروع نہیں ہوا تھا۔ میں پنڈال کی آراستگی دیکھنے لگی بہت سے بورڈ لگے ہوئے تھے۔ ان پر عورتوں کے لئے عجیب عجیب نصیحتیں لکھی ہوئی تھیں۔ ایک بورڈ پر لکھا تھا۔ عورت عصمت گنوا دینے کے بعد عورت نہیں رہتی مجسم گندگی بن جاتی ہے۔ یہ الفاظ میرے دل پر بجلی بن کر گرے اور میں بے تحاشا چلانے لگی۔ عورت عصمت مجسم گندگی کیوں بن جاتی ہے؟ دنیا کو کیا حق ہے کہ وہ کسی کو برا کہے اگر

وہ کوئی چیز گنواتی ہے تو اپنی اگر وہ برباد ہوتی ہے تو خود۔ کسی کو کیا؟

ہائے دنیا مجھے کیوں ٹھکراتی ہے۔ مجھے برباد کیوں کہتی ہے۔ میں برباد کیسے ہوگئی۔ میں نے اس کے سوا کیا کیا کہ بغیر شادی ہوئے میں نے ایک مرد سے محبت کی۔ اس سے میری ساری زندگی کیوں تباہ ہوگئی۔ دنیا کو مجھے ذلیل کرنے کا کیا حق ہے؟

آہ میں بھی کبھی ایک اچھی لڑکی تھی ، اچھی بیٹی تھی۔ اچھی طالب علم تھی۔ اچھی اُستانی تھی۔ اور اب بھی میں ایک بھلی عورت ہوں۔ کیونکہ میں نے ایک مرد کی زندگی تباہ ہونے سے بچالی اور سارا عذاب اپنے اوپر لے لیا۔ میں ایک بھلی عورت ہوں۔ نیک عورت ہوں۔ مجسم گندگی نہیں تم نے سُنا؟

جلسہ میں چاروں طرف سے شور مچا۔ دیوانی ہے دیوانی۔ نکلو۔ نکالو سپاہی کو بلاؤ۔ سپاہی کو بلاؤ۔ پاگل خانہ بھیجو۔ پاگل خانہ بھیجو۔ دو والنیٹروں نے مجھے گھسیٹ کر پنڈال سے باہر نکال دیا۔ میں پنڈال سے روتی پیٹتی واپس آرہی تھی کہ راستے میں ایک موٹی سی بدصورت عورت بہت زرق برق ساری باندھے ہوئے موٹر سے اُتری اس کے پیچھے ایک خادمہ ایک بچّہ کو گود میں لئے ہوئے تھی۔

حسبِ عادت میری نگاہیں بچے کے چہرے کی طرف گئیں۔ اس ننھی سی صورت کو دیکھتے ہی مجھے یقین ہوگیا کہ یہ میرا ہی بچّہ ہے۔ اپنے خوب صورت باپ کی ہو بہو تصویر تھا۔

اس کو دیکھتے ہی میرے دل میں اپنے بچّہ کو گود میں لینے کی مجنونانہ خواہش پیدا ہوئی مگر میں نے اپنے آپ کو بہت سنبھال کر۔ نہایت خوشامد کے ساتھ کہا بہن

ذرا ٹھیرنا۔ یہ سُن کر خادمہ ٹھٹکی۔ میں نے کہا بہن ماشاء اللہ بچہ تو تمہارا بہت اچھا ہے ذرا ہمیں دے دو۔

خادمہ نے آہستہ سے جواب دیا۔ بہن وہ خفا ہوجائیں گی۔

میں نے دو قدم آگے بڑھ کر مالکہ سے کہا بیگم صاحبہ تمہارے خوبصورت بچّے سے میرے بچّے کی صورت بہت ملتی جلتی ہے۔ اگر تم اجازت دو تو ذرا دیر کے لئے میں تمہارے بچّے کو گود میں لے کر پیار کرلوں۔

یہ سن کر وہ عورت تو آپے سے باہر ہوگئی۔ کہنے لگی۔ بڑی آئی ہے بچّے کو پیار کرنے والی۔ بھکارن، فقیرنی دور ہو یہاں سے۔ اب میرے ہوش حواس جاتے رہے میرا بچّہ۔ کہہ کر میں بے اختیار بچّہ کی طرف بڑھی اور اس کو خادمہ کے ہاتھ سے چھین کر اپنے کلیجہ سے لگا کر بے تحاشا بھاگی ——

عورت اور خادمہ نے —— پکڑو۔ پکڑو۔ ڈائن بچّہ کو چھین کر لے گئی کا شور مچا دیا۔ سارے بازار میں ہل چل مچ گئی میں آگے آگے بھاگ رہی تھی اور میرے پیچھے دنیا بھاگ رہی تھی۔ تھوڑی دور بھاگی ہوں گی کہ ایک سپاہی نے بڑھ کر میرا ہاتھ پکڑنا چاہا۔ میں نے بچنے کی کوشش کی۔ بچنے میں میرا پیر ایسا رپٹا کہ میں اوندھے مونہہ گری —— مگر بچّہ میرے کلیجہ کے ساتھ چمٹا ہوا تھا چاروں طرف سے مجھ پر جوتیاں تھپڑ اور لاتیں پڑ رہی تھیں مگر میں بچہ کو کلیجہ سے جدا نہ ہونے دیتی تھی —— آخر مجھ پر اتنی مار پڑی کہ میں بے ہوش ہوگئی مجھے خبر نہیں رہی کہ میں، کہاں ہوں اور میرا بچّہ کہاں ہے۔ کئی دن بعد جب مجھے ہوش آیا تو میں نے اپنے آپ کو پاگل خانہ کی سلاخوں میں مقید پایا۔

☆☆☆

گُناہ

ساون کا مہینہ تھا اور شام کا وقت .....

آسمان پر ہلکا سا ابر چھایا ہوا تھا۔ ٹھنڈی ہوا چل رہی تھی کلیاں نکھر رہی تھیں۔ پھول رقص کر رہے تھے۔ بلبلیں میٹھے میٹھے سروں میں آمد بہار کا ترانہ جھوم جھوم کر گا رہی تھیں۔ ہر پھول اور ہر پتہ اور ہر درخت پر مستی چھائی ہوئی تھی، اور یہ معلوم ہو رہا تھا کہ آج ساری کائنات نے پی لی ہے۔

فضا کی مستی سے مست جھومتا جھامتا میں اپنی مشہور نظم "عروس بہار" کا آخری بند گنگناتا ہوا چلا آ رہا تھا کہ یکایک پورب کی طرف سے کالی گھٹا اٹھی اور سارے آسمان پر چھا گئی۔ ذرا سی دیر میں ایسا اندھیرا ہو گیا کہ ہاتھ کو ہاتھ سجھائی نہ دیتا تھا مگر ہاں کبھی کبھی بجلی کی چمک سے یہ دکھائی دے جاتا تھا کہ یہاں پھول ہیں یہاں کانٹے۔

دفعتاً دھواں دھار بارش پڑنے لگی۔ میں سر سے پیر تک بھیگ گیا۔ پناہ کی کوئی جگہ نہ تھی۔ بھیگتا ہوا اِدھر اُدھر بھاگ رہا تھا کہ سامنے ایک کھنڈر نظر پڑا۔ میں بے تحاشا اس کی طرف بھاگا۔

یہ کھنڈر کسی زمانے میں ایک عالی شان معبد ہو گا۔ اب تو صرف ایک دو صحنچیاں اور کنواں باقی رہ گیا تھا جب میں ٹٹولتا ٹٹولتا صحنچی کے اوپر پہنچ گیا تب میری جان میں جان آئی۔ ابھی میں اپنے بھیگے ہوئے کپڑے ہی نچوڑ رہا تھا کہ اندھیرے میں کسی کے

چلنے کی آہٹ معلوم ہوئی ۔ میں نے نگاہ پر زور دے کر دیکھنا چاہا کہ کون ہے ۔مگر ملگجی ساڑھی کے سوا کچھ نظر نہ پڑا۔ میں نے یہ خیال کیا کہ شاید کوئی فقیر ہو یا سادھو یکایک بجلی چمکی اور سارا کا سارا روشن ہو گیا اور جس کو میں سادھو یا فقیر سمجھ رہا تھا وہ تو ایک عورت تھی ۔ ۔ ۔ ۔ اور حسین عورت ۔

بجلی کی روشنی ختم ہو چکی تھی ۔ اب کچھ نہ دکھائی دیتا تھا ۔ اور میں یہ سوچ رہا تھا کہ آخر یہ ہے کون اور اس وقت بھیگتی ہوئی کہاں جا رہی ہے ۔

میں نے آنکھیں پھاڑ پھاڑ کر دیکھا ۔ ۔ ۔ ۔ مگر وہ پھر نظر نہ آئی ۔ ۔ ۔ ۔ میں حیران و پریشان کھڑا تھا کہ ایک دفعہ بجلی پھر چمکی اور میں نے دیکھا کہ وہ کنوئیں کے قریب پہنچ گئی ہے ۔

فوراً میرے دل میں خیال آیا کہ یہ ڈوبنے کے لئے جا رہی ہے۔ بلا سوچے سمجھے میرے قدم اٹھ گئے اور میں اس کی طرف بھاگا ۔ وہ ابھی بینڈھ پر چڑھنے کی کوشش کر رہی تھی کہ میں نے گھبرا کر اس کو پکڑنا چاہا ۔ ایک چیخ نکلی ۔ دردناک چیخ ۔ ۔ ۔ ۔ اور وہ میرے ہاتھوں میں تھی ۔ میں اس کو اٹھا کر صحنچی میں لے آیا اور زمین پر لٹا دیا وہ بالکل بے حس و حرکت پڑی تھی ۔ اُسے ذرا سا ہوش بھی نہ تھا ۔

کبھی میں اس کی نبض پر ہاتھ رکھتا ۔ کبھی سینہ کے مدوجزر کو دیکھتا کبھی تنفس کی آمدورفت سے اس کی زندگی کے آثار معلوم کرتا ۔ غرض اسی صورت سے کئی گھنٹے گزر گئے اور اس کو ہوش نہ آیا ۔ بارش پڑ رہی تھی مگر اس کا وہ پہلا سا زور نہ تھا مجبوراً میں نے اس کو اٹھایا اور گھر کی طرف ہو لیا۔

ان تمام باتوں کی تفصیل بیان کرنے کی ضرورت نہیں کہ گھر لانے کے بعد

میں نے اس کو ہوش میں لانے کی کیا کیا تدبیریں کیں اور ہوش میں آنے کے بعد اس کی کیا کیفیت ہوئی اور کتنی دشواری سے اس نے چند دن میرے ہاں ٹھیرنا گوارا کیا اور کتنے عرصے بعد وہ مجھ سے کھلی اور اپنی بپتا بیان کرنے پر راضی ہوئی میں تو آپ کو صرف اس خانماں برباد کی زندگی کا فسانہ اور اس دکھی کی بپتا، اس ستم رسیدہ کی درد بھری کہانی خود اس کی زبانی سنانا چاہتا ہوں۔

ہم کلانور کے رہنے والے تھے۔ پھرتے پھراتے دلی پہنچ گئے۔ یہاں آ کر ہمارے کاروبار کو ترقی ہوئی اور چند دن میں خدا نے سب کچھ دے دیا۔ اس کے علاوہ امی کا تعلق ایک ایسے شریف سے ہو گیا تھا جو حقیقی معنوں میں شریف تھے۔ وہ مجھے بیٹی کہتے تھے۔ اور بیٹی ہی سمجھتے تھے اور ان کی خواہش تھی کہ مجھے پیشہ پر نہ بٹھایا جائے بلکہ میرا نکاح کر دیا جائے اور وہ کہتے تھے کہ اس کا نکاح میں خود کراؤں گا۔ مگر بدقسمتی دیکھئے کہ میں ابھی جوان بھی نہ ہونے پائی کہ اماں کی ان سے بگڑ گئی۔

ادھر ان کا آنا بند ہوا اور اُدھر میری جوان بہن کا انتقال ہو گیا۔ اب اماں اور میں رہ گئی۔ چند دن تو بہن کی سوگواری میں گزر گئے اور کسی کو کچھ خیال نہ آیا کہ اب آئندہ کیسے گزرے گی۔ لیکن پھر رفتہ رفتہ اماں کو خیال ہوا کہ یہ تو بنا بنایا گھر اُجڑا جا رہا ہے۔

انہوں نے خود تو خیر توبہ ہی کر لی تھی۔ لیکن میری طرف پوری توجہ کی اور پانچ سات مہینے میں مجھے دو چیزیں گانے اور چار آدمیوں میں بیٹھنے کے قابل بنا دیا اور ہمارے ہاں چار شریفوں کی شکلیں دکھائی دینے لگیں اور میری شادی دشمن کے بارے میں بھی پیغام آنے لگے لیکن یہ معاملہ کسی سے طے نہ ہوا۔ کیونکہ اماں کا خیال بہت اونچا تھا

سال ڈیڑھ سال اسی طرح گزر گیا۔ اور کسی سے معاملہ طے نہ ہوا۔ اور میں کچھ بیمار رہنے لگی۔ ڈاکٹر، حکیموں نے رائے دی کہ اس کی جلد سے جلد شادی ہو جانی چاہئے ورنہ اس کو دق ہو جانے کا خطرہ ہے۔

اماں نے اپنے ہاں کے آنے جانے والوں پر ڈورے ڈالنے شروع کیئے۔

ہاں تو اس زمانے میں ہمارے ہاں سوداگروں میں سے بھی ایک پارٹی آیا کرتی تھی۔ یوں تو یہ سب کے سب لڑکے بالے شریف اور پیسے والے تھے لیکن ان سب میں نسیم شکل وصورت کے اچھے اور عمر کے کم تھے۔ مزاج بھی اچھا تھا طبیعت کے بھی برے نہ تھے اور سب سے بڑی بات یہ ہے کہ ان کا رکھ رکھاؤ اور بول چال ایسی اچھی تھی کہ اماں ان کی قدر کیا کرتی تھیں اور کچھ قدرتی بات تھی کہ ان کے ساتھ شروع ہی سے مجھے بھی لگاؤ سا ہو گیا تھا۔

خیر تو اماں نے نتھ کے لئے انہیں بھی ٹٹولا اور معاملہ گھٹتی بڑھتی طے ہو گیا اور خدا کی قدرت دیکھئے کہ ادھر ان سے میرا تعلق ہوا اور اُدھر سارے شہر میں میرے حسن اور ناچ گانے کی دھوم مچ گئی۔ روزانہ مجرے کے بلاوے آنے لگے اور کوئی دن ایسا نہ جاتا تھا کہ ایک دو بیعانے پھیرنے نہ پڑتے ہوں۔ اس کے علاوہ ہمارے ہاں آنے جانے والوں کی کوئی حد نہیں رہی۔ صبح سے شام اور شام سے صبح تک میں تماش بینوں میں گھری رہتی۔ روپیہ چھپا چھم برس رہا تھا "نسیم" بھی کافی پس رہے تھے اماں خوش تھیں سارا گھر خوش تھا مگر میں محسوس کر رہی تھی کہ نسیم کی طرف سے اماں کے تیور کچھ بدلے ہوئے ہیں۔ اب وہ دعائیں دینے کے بجائے طعنے دینے لگی تھیں اور کبھی کبھی میرے سامنے اُستادوں سے بھی ان کی برائیاں کرتی تھیں اور کہتیں کہ میں تو اس چھوکری کی

وجہ سے چپ ہوں ورنہ ڈیڑھ سو رزلی مہینے سے ہوتا کیا ہے۔ میں آج صاف کہہ دوں کہ "شیخ جی" ڈیڑھ سو روپیہ میں میرا کام نہیں چلتا۔ ڈیڑھ سو روپیہ تو میں اپنی نتھنی پر سے وار کر پھینک دوں۔

پہلے پہل تو مجھے اماں کی یہ باتیں بہت بُری معلوم ہوئیں۔ کیونکہ نسیم بہت انسان آدمی تھے اور میرے ساتھ بہت اچھا برتاؤ کیا کرتے تھے۔ شکایت کی تو کوئی وجہ نہ تھی لیکن ہاں ان کی یہ عادت ذرا مجھے بری معلوم ہوتی کہ وہ اماں کی فرمائشوں کی تعمیل تو فوراً کر دیا کرتے تھے اور میری ذرا ذرا سی چیزیں لانے میں مہینے گھلا دیا کرتے تھے۔ میری سمجھ میں نہیں آتا تھا کہ یہ کیا بات ہے کہ آخر ایک دن میں ان کے سر ہوگئی کہ بتاؤ یہ کیا بات ہے؟

پہلے تو وہ ٹالتے رہے، لیکن جب میں نہ مانی تو کہنے لگے بیگم میں تمہاری طوائفانہ خودسری دور کر کے تمہاری طبیعت کی نشوونما ان لائنوں پر کرنا چاہتا ہوں جس سے تم میں گھر والیوں کی سی قناعت، ضبط اور صبر پیدا ہو جائے۔ کیوں کہ میرا ارادہ ہے کہ میں.... یہ کہہ کر وہ پھر رُک گئے۔ میں پھر ضد کرنے لگی کہ میں پوچھ کر رہوں گی کہنے لگے "میرا خیال ہے کہ تم میری اور صرف میری ہو جاؤ"۔

میں نے اس بات پر کوئی خاص توجہ نہ دی اور یونہی ہنسنے لگی۔ وہ بھی ہنسنے لگے۔ اور بات آئی گئی ہوگئی۔

اسی طرح چند مہینے اور گزر گئے۔ لیکن جوں جوں دن گزرتے جاتے تھے نسیم نرم پڑتے جاتے تھے اور اماں سخت۔ یہاں تک اماں نے صاف کہہ دیا کہ نسیم سے پیچھا چھڑاؤ۔ کیونکہ اس سے ڈیڑھ سو دو سو روپے مہینے سے زیادہ نہیں پڑتا اور

وہ جوہری کا لڑکا پانچسو روپے دینے کو تیار ہے۔ اس کے علاوہ نسیم کی وجہ سے ہمارے ہاں کے بہت سے آنے جانے والے رک گئے۔ اس سے چھٹکارا ملتے ہی وہ بھی آنے لگیں گے اور آمدنی کافی بڑھ جائے گی۔

اس وقت تو خیر میں نے اماں کے ہاں میں ہاں ملا دی۔ لیکن میں کئی روز تک سوچتی رہی کہ دیکھئے ان سے تعلقات چھوٹنے کے بعد کس سے ہوں۔ خیر اُن سے تو طبیعت مل گئی ہے کسی اور سے نہ ملے۔ اور نہ ملی تو کیا ہوگا؟

بعض اوقات نسیم کے وہ فقرے یاد آ آکر مجھے جھرجھری آجاتی تھی جو اکثر وہ ہنستے ہنستے کہہ دیا کرتے تھے۔ مثلاً شہرت، دیکھنا یہ جتنے چاہنے والوں کی بھیڑ بھاڑ اور عاشقوں کا ہجوم تم دیکھ رہی ہو۔ یہ سب برساتی کیڑے ہیں۔ چند دن کے بعد کوئی پھٹکا بھی نہیں کھائے گا۔ یہ تمہیں نہیں چاہتے۔ تمہاری جوانی کو چاہتے ہیں۔ جوبن کو چاہتے ہیں اور جب جوانی نہ رہے گی جوبن نہیں رہے گا۔ تو پھر کون پوچھنے لگا ہے جوانی میں بڑھاپے کا ٹھکانا کر لو گی تو اچھی رہو گی۔

مگر اماں کی دل خوش کن باتوں اور عاشقوں کی ہوا میں یہ سب بھول گئی۔

اور جب اماں نے مجھے نسیم سے قطع تعلق کرنے کے لئے اچھی طرح آمادہ کر لیا تو انھوں نے نسیم پر فرمائشوں کی بھرمار کر دی۔ پہلے پہل تو خیر وہ پوری کرتے رہے۔ مگر ایک دن اماں نے جڑاؤ چوڑیوں کی جو فرمائش کی تو وہ ٹال گئے جب اماں نے دوبارہ کہا تو کہنے لگے۔ اس مہینے تو ٹھیر جاؤ۔ آئندہ مہینے میں بنوا دوں گا۔ اماں کہاں ٹھیرنے والی تھیں۔ ان کے جی میں تو کچھ اور ہی ٹھنی ہوئی تھی۔ کہنے لگیں۔ واہ اچھے ٹھیر جاؤ۔ اس مہینے میں تو بسنتیں ہیں۔ مجروں میں بچی کیا پہنے گی

ابھی بنوا کے دو۔ اگر نہیں بنواتے تو صاف انکار کر دو۔ انہوں نے بہتیرا سمجھایا مگر وہ کب ملنے والی تھیں۔ آخر یہ لفظ زبان پر لے آئیں کہ میں نے اپنی بچی کو ڈیڑھ سو روپلی میں کوئی بیچ تھوڑی دیا ہے۔ اگر تمہارے سے فرمائشیں پوری نہیں ہوتیں تو ہمارا اسلام ہے۔

نسیم یہ سن کر دنگ رہ گئے اور تھوڑی دیر میں اُٹھ کر چلے گئے۔ اور دوسرے روز ایک چوڑیوں کا بکس اور ڈیڑھ سو روپے لے کر آئے اور اماں کو بلا کر کہنے لگے لو یہ چوڑیاں ہیں اور یہ مہینے کے روپے اور ہمارا آج سے "سلام" ہے۔ میں نے انہیں سمجھانا چاہا کہ نہیں ایسا نہ کرو۔ مگر وہ کہنے لگے کہ نہیں پیاری آنکھیں بدلنے سے کوچہ بدلنا بہتر ہے ابھی تو اسی پر نوبت ہے، اور خبر نہیں آئندہ کیا ہو؟

غرض یہ ہے کہ انہوں نے آنا جانا بالکل چھوڑ دیا۔

اس کے بعد میرا کس کس سے واسطہ پڑا اور مجھ پر کیا کیا بیتی۔ اس کی تفصیل بیان کر کے میں اپنے زخموں کو ہرا کرنا نہیں چاہتی بس یہ سمجھ لو کہ دن بدن میری آنکھیں کھلتی گئیں اور مجھے اپنی ذلت، مظلومیت کا احساس ہوتا گیا۔

آہ یہ عاشق یہ چاہت کے نام لیوا۔ یہ فدا ذرا سی بات پر جان فدا کرنے والے درندے ہیں درندے۔

گدھ اور کتے مردہ لاشوں کو نوچ نوچ کر ان کا گوشت کھاتے ہیں لیکن یہ انسان نما جانور زندوں کا خون چوستے ہیں۔

یہ حسن کے ڈاکو۔ یہ شباب کے شکاری یہ ہوس کے غلام عورت کو کھلونے

سے زیادہ نہیں سمجھتے یہ جانتے ہیں کہ ہم نے اس کھلونے کو خریدا ہے اور ہمیں یہ حق ہے کہ اس سے جی بہلائیں اور جب ہماری طبیعت سیر ہو جائے تو اس کو توڑ پھوڑ کر پھینک دیں۔

پھر دنیا کہتی ہے کہ ہمارا پیشہ ذلیل ہے۔ ہم جس ہنڈیا میں کھاتے ہیں اسی میں چھید کرتے ہیں، کمینہ ہیں، بے وفا ہیں، دغا باز ہیں۔

میں کہتی ہوں، بے شک ہمارا پیشہ ذلیل ہے۔ لیکن ہم ذلیل نہیں، ہم ظالم نہیں مظلوم ہیں۔

خدا کے لئے ذرا انصاف کی نظر سے دیکھو اور سمجھو کہ ہمیں کتنی تکلیفیں اُٹھانی پڑتی ہیں۔ ایک ذلیل اور ایسا ذلیل آدمی جس کی ہم شکل دیکھنے کے بھی روادار نہیں۔ ہمارے ہاں آتا ہے ہم اس کی خاطر مدارات کرتے ہیں۔ اس کا جی بہلاتے ہیں اور چند روپیوں کی عوض اپنا دل مسوس کر اپنی آرزوؤں کو پامال کر کے اپنی جوانی کو اپنے شباب کو اور اپنی ہر چیز کو اس کے سپرد کر دیتے ہیں اور اس کی مرضی کے خلاف اُف نہیں کرتے، اب بتلایئے کہ ہم ظالم ہیں یا مظلوم ؟

اس ذلیل زندگی کے پانچ سالہ عرصے میں بیسیوں سے راہ رسم ہوئی، اور بیسیوں سے چھوٹی مگر میں جانتی ہوں کہ ان سب میں سوا نسیم کے سوا چاہنے والا ایک بھی نہ تھا۔

کسی نے مجھے ان بچھونوں سے زیادہ اہمیت نہ دی جو رات کو لطف لینے کے لئے بچھونے پر بچھا دئے جاتے ہیں اور صبح ان کو اُٹھا کر کوڑے پر پھینک دیا جاتا ہے اور سچ پوچھئے تو اس دنیا میں حرام حلال ہے اور حلال حرام۔ نکاح ممنوع ہے

اور زنا جائز۔

ورنہ بتائیے ذرا سی ایک مثال کو ہی لے لیجئے۔ تھوڑے دن ہوئے ہمارے ہاں ایک میرے صاحب کا بہت آنا جانا تھا۔ بظاہر یہ مجھ سے بہت محبت کرتے تھے اور کئی مرتبہ ایسا ہوا کہ ذرا سی بات پر زہر کھانے اور جان دینے پر آمادہ ہو گئے مجھے بھی ان سے محبت ہو گئی تھی اور میرا ارادہ تھا کہ میں نکاح کر کے ان کے گھر بیٹھ جاؤں گی۔ اسی لئے میں ان کی حد سے زیادہ آؤ بھگت کرتی تھی اور انہوں نے اقرار بھی کر لیا تھا کہ میں تجھ سے نکاح کر لوں گا۔

لیکن جب میں نکاح کے لئے کہتی جبھی یہ ٹال جاتے۔ اسی دلاسے دلاسے میں انہوں نے سال گزار دیا اور جب میں زیادہ پیچھے پڑی تو کہنے لگے بیگم نکاح تو نہیں کر سکتا۔ ویسے تازندگی میں تمہارا غلام ہوں۔ کیونکہ تمہارے ساتھ نکاح کر کے برادری میں نکو بن جاؤں گا۔

ان کے یہ الفاظ میرے دل پر بجلی بن کر گرے اور میرے دل کے ٹکڑے ٹکڑے ہو گئے۔ مجھے صاف نظر آنے لگا کہ اس دنیا میں میرا کوئی نہیں ہے۔ یہ جتنے چاہنے والے ہیں سب سانپ اور بچھو ہیں۔ جو میری زندگی کو آہستہ آہستہ ڈس رہے ہیں۔۔۔۔ اب میں دن رات اسی غم میں گھلنے لگی۔ اور بیمار رہنے لگی اور اب مجھے نسیم۔ اس کی محبت اور اس کی بچی سچی باتیں کر میں تمہیں اپنا اور صرف اپنا بنا لوں رہ رہ کر یاد آنے لگیں اور میں کہتی تھی کاش نسیم مجھے پھر مل جائے۔

مگر بیتی ہوئی بات اور گزرا ہوا وقت کب ہاتھ آتا ہے۔

اسی غم میں مجھے بخار رہنے لگا۔ افسوس کہ میں کہاں سے کہاں پہنچ گئی

ہاں تو میں یہ عرض کر کرنا چاہتی تھی کہ یوں تو میری ماں کو پیروں فقیروں سے ہمیشہ سے عقیدت تھی اور اکثر وہ ہمارے ہاں آیا جایا کرتے تھے۔ لیکن میری بیماری میں ان کا آنا جانا اور زیادہ ہو گیا۔

خدا کا کرنا کہ ایک شاہ صاحب کے علاج سے مجھے کچھ افاقہ ہو گیا اور میری طبیعت ذرا سنبھل گئی۔۔۔۔ان شاہ صاحب کا نام سمندر شاہ تھا۔ عمر کوئی چالیس پینتالیس سال کی ہوگی۔ قد لمبا، اور رنگ سانولا تھا۔ زلفیں لمبی لمبی تھیں گیروے رنگ کے کپڑے پہنتے تھے۔ وہ مجھ سے بہت محبت کرتے تھے اور ہر وقت مجھے سمجھاتے رہتے تھے کہ تمہارا پیشہ بہت خراب ہے۔ اس میں نہ دین اچھا ہے اور نہ دنیا اچھی۔ اس پیشہ کو چھوڑ دو اور کسی سے نکاح کر لو۔

میں تو تھی ہی اس پیشے سے بیزار۔ ایک دن کہہ بیٹھی کہ شاہ صاحب یہ تو آپ ٹھیک کہتے ہیں۔ مگر ہم گنہگاروں سے نکاح کون کرنے لگا ہے؟ کہنے لگے۔ کیا واقعی تو نکاح کرنے کو تیار ہے؟

میں نے کہا۔ ہاں اگر کوئی بھلا آدمی مل جائے تو میں آج ہی اس کے ساتھ ہو لوں شاہ صاحب یہ سُن کر بہت خوش ہوئے اور دعائیں دے کر کہنے لگے مجھے حکم ہو گیا ہے کہ میں تمہارے ساتھ نکاح کر لوں یہاں سے چلو۔ نکاح پڑھواؤ اور مزے سے زندگی گزارو۔

مجھے یہ سُن کر بے انتہا خوشی ہوئی اور خوشی کی بات بھی تھی کہ ایک گناہگار عورت جس کو دنیا داروں نے بھی ٹھکرا دیا تھا۔ ایک خدا رسیدہ بزرگ اس کو اپنی غلامی میں قبول کر رہا تھا۔ اس سے زیادہ اس کی کیا خوش نصیبی ہوتی۔

غرض یہ ہے کہ وہ اور میں گہنا پاتا لے کر ایک دن رات کو فرار ہو گئے اس کے بعد کہاں کہاں خاک چھانتے پھرے۔ اس کی تفصیل بیان کرنے کی ضرورت نہیں ہے۔ بس یہ سمجھ لیجیے چند دن ہم نے خاصے مزے سے گزارے لیکن نکاح۔۔۔ آہ نکاح جس کا مجھے لالچ دیا تھا وہ ایک دھوکا تھا، فریب تھا۔ ایک بھولی عورت کو پھسلانے کا۔

اور جب اس مکار شاہ صاحب کی ہوس کی آگ ٹھنڈی ہو گئی اور اس کا ناپاک دل تمناؤں سے خالی ہو گیا تو اس نے نگاہیں بدلنی شروع کیں، اور وہ شاہ صاحب جس کو میں رحمت کا فرشتہ اور رحم کا پتلا سمجھتی تھی۔ مجسم شیطان بن گیا اور بات بات پر مار دھاڑ کرنے لگا۔ لیکن میں گھر سے یہ تہیہ کر کے نکلی تھی کہ اب اس گھر میں اس پیشہ میں کبھی قدم نہ رکھوں گی چاہے مجھے کتنی ہی تکلیفیں اٹھانی پڑیں اس لئے میں اس کے سب ظلم و ستم برداشت کرتی رہی۔

لیکن میری یہ مصیبتیں ابھی ختم نہ ہوئی تھیں کہ ایک نئی مصیبت آن پڑی اور وہ یہ کہ مجھے کچھ امید ہو گئی۔ ایک دو مہینے تو میں نے اس کو چھپائے رکھا۔ مگر یہ کہیں چھپنے والی بات تھی۔ اس کو معلوم ہو گیا۔۔۔۔ اب میں تھی اور دن رات کی گالیاں، مار۔ مگر میں سب برداشت کرتی رہی۔۔۔۔ قصہ مختصر جب اس نے یہ سمجھ لیا کہ مار دھاڑ سے یہ بھاگنے والی نہیں تو ایک رات کو جو کچھ میرے گہنے پاتے میں سے بچا رہ گیا تھا وہ سب لے کر رفو چکر ہو گئے۔

در در ڈھونڈتی پھری اس کا کہیں پتہ نہ ملا۔ نہ کوئی رفیق تھا نہ غم گسار نہ پیٹ بھرنے کو ٹکڑا تھا اور نہ تن ڈھکنے کو کپڑا اور اس امید کا فکر مرنے سے پہلے مارے ڈالتا تھا

آخر زندگی سے عاجز آگئی اور موت کے بہلانے تلاش کرنے لگی لیکن ایسے موقع پر موت بھی آنکھیں دکھا جاتی ہے۔ بہتیری تدبیریں کیں لیکن موت نہ آنی تھی نہ آئی۔
یہ کنوئیں میں ڈوبنے کی آخری تدبیر تھی جس کو آپ نے پورا نہ ہونے دیا۔

دنیا کی اس ٹھکرائی ہوئی ہستی کی یہ دردناک داستان سننے کے بعد میرے دل اور عقل میں ایک مباحثہ شروع ہوگیا۔ دل نے کہا اس کو کنوئیں میں ڈوبنے سے بچا کر ایک نیک کام کیا ہے تو اس کے ساتھ شادی کر کے اس کی زندگی کو خوش گوار بنا ورنہ اس کا مرنا جینے سے بدرجہا بہتر تھا۔
عقل نے کہا۔ اگر تونے اس سے شادی کر لی تو دنیا تجھے برا کہے گی برادری والے تجھے لکو بنائیں گے۔
دل نے کہا۔ اگر تو یہ سمجھتا ہے کہ ایک مصیبت زدہ عورت کی زندگی بچانی ایک نیک کام ہے تو تو دنیا کی کیا پرواہ کرتا ہے۔
عقل نے کہا۔ دنیا میں رہ کر دنیا کا خیال کرنا ہی پڑتا ہے۔ دنیا اس کو نیک کب سمجھتی ہے؟
دل نے کہا۔ دنیا اچھا ہی کس کو کہتی ہے۔ تھوڑی سی ہمت دکھا۔ ایثار کر، پھر دیکھ زندگی کیا چیز ہے۔ ورنہ الفاظوں کے قلعے بنا بنا کر ہر ایک کھڑے کر سکتا ہے۔ عمل کر کے دکھلائے تب بات ہے۔
عقل نے کہا۔ اس دنیا میں عمل کا مول کون لگاتا ہے۔ یہاں تو الفاظوں کی پوچھ ہے۔

دل نے کہا۔ پھر ایسی دنیا کو لات مار اور اپنی دنیا الگ بسا۔
غرض دیر تک دل اور عقل میں تکرار ہوتی رہی اور میں خدا سے دعا کرتا رہا کہ اے خدا تو مجھے سچائی کی روشنی دکھا اور میری رہنمائی کر۔
دل سے نکلی ہوئی دعا رد نہیں ہوا کرتی۔ خدا نے میرے دل کو طاقت عطا فرمائی اور میں نے فیصلہ کر لیا کہ چاہے مجھے دنیا برا کہے، شہر نکو بنائے۔ برادری اپنے میں سے خارج کر دے لیکن میں اس مصیبت زدہ سے شادی کر کے دنیا کے رسم و رواج کے خلاف ایک مثال قائم کر دوں گا۔
میں نے دنیا کے رسم، رواج اور رشتہ داروں کی مخالفت کی پرواہ نہ کرتے ہوئے اس سے شادی کر لی اور تہیہ کر لیا کہ اس کے ہونے والے بچہ کی پرورش میں اسی طرح کروں گا، جیسے یہ میرا بچہ ہے۔
اب اس بات کو دس سال گزر گئے اور اس شیطان سیرت درویش کے نطفہ سے جو خوب صورت اور معصوم بچہ پیدا ہوا تھا اب وہ ساڑھے نو سال کا ہے اور اپنے چھوٹے بھائی صغیر کے ساتھ کھیلتا کودتا پھرتا ہے اور کسی کو معلوم نہیں کہ یہ دونوں بھائی سگے نہیں ہیں۔
اس کی ماں جو کسی زمانے میں ایک عصمت فروش رقاصہ تھی اب ایک نیک بی بی بن کر اپنی زندگی کے بقیہ دن اپنے دونوں بیٹوں کی پرورش اور میری خدمت و اطاعت میں نہایت خوشی کے ساتھ پورے کر رہی ہے۔
اب دنیا انصاف کی نظر سے دیکھے کہ میں نے گناہ کیا ہے یا نیکی؟

☆☆☆

پریم پجارن

میں گجرات کی رہنے والی ہوں۔ میرا بیاہ مالوہ کے ایک فوجی افسر کے ساتھ ہوا تھا اور بیاہ کیا ہوا تھا لڑائی کے زمانے میں ٹھوکریں کھاتے ہوئے مالوہ کے سپاہیوں کے قبضہ میں آگئی، زندگی کی آس جاتی رہی اور موت کی طرف آنکھیں لگ گئیں لیکن میرے نصیبے کی خوبی سے اچانک میرا اور اُن کا آمنا سامنا ہو گیا۔ نگاہیں ملتے ہی کیفیت ہی دوسری ہو گئی۔

وہ اسی وقت ان جانوروں کے پنجے سے نکال کر مجھے اپنے ڈیرے میں لے آئے اور اپنی غلامی میں لے لیا۔

وہ مالوہ کی فوج کے افسر تھے۔ لڑائی ختم ہونے کے بعد میں نے بخوشی اپنے وطن کو خیر باد کہا اور ان کے ساتھ مالوہ آگئی۔ اور ان کی سیوا کرنے لگی انہوں نے میرے ساتھ بیاہ کر کے میری عزت بڑھائی۔ اب ان کا وطن میرا وطن تھا ان کا گھر میرا گھر تھا اور اُن کے عزیز میرے عزیز تھے۔

چند دن میں بالکل بھول گئی کہ میرا وطن گجرات ہے میں مالوہ کی رہنے والی نہیں ہوں اور صدیوں سے جو دشمنی ان دونوں صوبوں میں چلی آئی تھی میں اس کو حماقت سمجھنے لگی اور میں "ان" سے اکثر کہتی تھی "گجرات اور مالوہ بھارت ماتا کے دو بازو ہیں، ان دونوں کی لڑائی کسی طرح بھی ٹھیک نہیں ہے۔

ہمارے پریم کی لہروں نے قومی تعصب اور دشمنی کی خاردار جھاڑیوں کو جڑوں سے اکھاڑ کر پھینک دیا۔ اب ہمارے دلوں میں پیار کے سوا کسی چیز کی گنجائش نہ تھی مالوہ کی ٹھنڈی راتیں تھیں اور پریم کے سہانے گیت۔ جوانی کی باتیں تھیں اور پریت کی ریت۔ انہوں نے میرے لئے سُکھ چین کی ایک جنت بنادی تھی۔

لیکن آہ ابھی ہمارے پریم اور پیار کی زندگی کی صبح ہی تھی کہ جنگ کے دیوتا نے اپنا منحوس سایہ ڈالنا شروع کیا اور ہندوستان بھر میں جنگ کے شعلے بھڑک اُٹھے۔ بھارت ماتا کے دونوں بازو گجرات اور مالوہ، پھر لڑائی کی تیاریاں کرنے لگے اُف وہ کالی اور ڈراونی رات مجھے کبھی نہ بھولے گی۔

جب انہوں نے میرے لمبے لمبے بالوں میں اپنے پیارے ہاتھوں سے کنگھی کرتے ہوئے یکایک دھڑکتے ہوئے دل اور لرزتی ہوئی آواز کے ساتھ کہا۔ شیاما تلواریں میانوں سے باہر آچکی ہیں۔ عنقریب مالوہ اور گجرات میں لڑائی ہونے والی ہے اور مجھے بھی جانے کا حکم مل گیا ہے۔ میرا خیال ہے کہ لڑائی شروع ہونے سے پہلے تم گجرات پہنچ جاؤ تو اچھا ہے۔ کیونکہ یہ سرحدی علاقہ ہے اور بہت ممکن ہے کہ اب کے جنگ کا میدان بھی یہی علاقہ بنے۔ اس کے علاوہ تم گجرات کی رہنے والی ہو ایسا نہ ہو کہ میرے بعد تمہیں یہاں والے کچھ تکلیف پہنچائیں۔

شاید اب کے یہ لڑائی زیادہ طول نہیں پکڑے گی۔ زیادہ سے زیادہ تین مہینے میں ختم ہوجائے گی۔ لڑائی کے بعد اگر زندہ رہا تو میں بہت جلد تمہیں گجرات سے لے آؤں گا۔

اِس غیر متوقع خبر سے جو رنج مجھے پہنچا ہوگا اس کا اندازہ ہر ایک دردمند دل خود کر سکتا ہے۔

لیکن اس رنج کے کڑوے زہر کو آنسوؤں کے کھاری پانی کی صورت میں بہانے کے بعد میں نے محسوس کیا کہ میرے دل میں اپنے وطن، اپنے ماں باپ اپنے عزیز و اقارب کی محبت سے زیادہ "ان" کی محبت ہے۔ اب جو اُن کو پیارا وہ مجھے پیارا ہے۔ جو ان کو عزیز ہے وہ مجھے عزیز ہے۔ جو ان کا وطن ہے وہ میرا وطن ہے۔ جو ان کا راجہ ہے وہ میرا راجہ ہے، اُن کی جیت میری جیت ہے۔ ان کی ہار میری ہار ہے۔

میں نے گجرات جانے سے صاف انکار کر دیا اور ان سے کہہ دیا کہ آپ کسی طرح کی فکر نہ کریں۔ پرماتما سب کی حفاظت کرنے والا ہے اور ویسے بھی میں لڑائی سے ڈرتی نہیں ہوں۔ آخر سپاہی کی بیٹی ہوں، سپاہی کی بیوی ہوں"۔

جنگ شروع ہو گئی اور چاروں طرف سے فوجوں پر فوجیں چل پڑیں۔ اُن کی پلٹن کے روانہ ہونے کا وقت بھی آ گیا۔

میں نے بڑی حسرت کے ساتھ ان کے گلے میں پھولوں کی مالا ڈال کر اُن کو لڑائی کے لئے روانہ کیا۔ اگرچہ اس وقت مجھے پورا یقین تھا کہ وہ بہت جلد لڑائی سے صحیح و سلامت واپس آ جائیں گے۔ لیکن پھر بھی اس وقت میرا دل بے انتہا دھڑک رہا تھا۔ اور آنکھوں سے آنسوؤں کی جھڑی کسی طرح نہ رکتی تھی۔

لڑائی کو شروع ہوئے دو مہینے ہو گئے اور ملک کے سارے رجواڑے ایک ایک کر کے اس جنگ میں شامل ہوتے جاتے تھے۔ روزانہ نئی نئی خبریں سُن کر میرا دل بیٹھا جاتا تھا۔

بہت دن بعد اُن کا خط آیا جس سے دل کو ذرا ڈھارس بندھی لیکن پھر بھی

میں ان کی صورت دیکھنے کو ترستی تھی اور دل میں بار بار کہتی تھی۔ دیکھئے مجھے کب ان کی پیاری صورت دیکھنی نصیب ہوتی ہے۔

مگر آہ! میری بد نصیبی کہ پھر کبھی مجھے ان کی صورت دیکھنی نصیب نہ ہوئی۔

لڑائی کے دسویں مہینے مجھ بد نصیب سخت جان کو ان کی موت کی اطلاع ملی۔

اس خبر سے میرے دل کی کیا حالت ہوئی، میں بیان نہیں کر سکتی۔ گجرات کے خلاف میرے دل میں نفرت کی آگ بھڑک گئی۔

میں رو رو کر اندر چلا کر کہتی تھی میرے پتی کو قتل کرنے والوں کا دنیا سے نام و نشان مٹا دو۔

میری مراد تھی کہ گجرات کو شکست ہو۔ گجرات برباد ہو جائے۔ مٹ جائے۔

لڑائی کو ایک سال گزر گیا اور مالوہ کا پلہ ہلکا پڑنے لگا شکست ہونے لگی۔

مجھے خوفناک انتقام کے ڈراونے خواب دکھائی دینے لگے۔ رات کو خوابوں میں خون کی ندیاں دیکھ کر میری آنکھ کھل جاتی تھی۔ اس وقت میں اپنے وطن گجرات کی ہار اور مالوہ کے راجہ رنبیر سنگھ کی فتح کی دعائیں گود یاں پھیلا پھیلا کر مانگا کرتی تھی۔

لڑائی کے پورے ڈیڑھ سال بعد گجراتیوں نے مالوے والوں کو ہمارے گاؤں سے پیچھے بھگا دیا اور مالوہ کے بہت سے گاؤں پر قبضہ کر لیا۔ مگر رات ہوتے ہی مالوہ والوں نے ایک زبردست حملہ کیا اور کچھ گاؤں پر دوبارہ قبضہ کر لیا۔

رات کا وقت تھا اور کشت و خون کا بازار گرم۔ گھر گھر کہرام مچ رہا تھا مارو، مارو کی صدائیں۔ زخمیوں کا کراہنا۔ آفت کی ماری عورتوں کا رونا چلانا۔ دودھ پیتے

بچوں کا بلکنا۔ قیامت کا نمونہ پیش کر رہا تھا۔ میں اپنے گھر کی دوسری منزل پر تنہا ڈر کے مارے لحاف میں دبکی پڑی تھی کہ یکایک مجھے پیچھے کے مکان میں کسی کے کودنے کی آواز آئی۔ ڈر کے مارے تو پہلے ہی بری طرح کانپ رہی تھی۔ اس آواز نے رہے سہے اوسان کھو دیے۔ اٹھ کر دیکھنے کی ہمت نہ پڑتی تھی۔ کہ کون گھر میں گھس آیا ہے۔

تھوڑی دیر تک تو ایسی چپ چاپ پڑی رہی جیسے گھر میں کوئی ہے نہیں پھر ذرا دل کو قابو میں کر کے چراغ ہاتھ میں لیا اور نیچے آئی۔ میں ابھی زینے سے اترنے بھی نہ پائی تھی کہ ڈیوڑھی کے پاس مجھے ایک گجراتی سپاہی کی شکل نظر آئی۔ اس کے سر سے خون کا فوارہ چھوٹ رہا تھا۔ موہنہ پر لہو کی دھاریں بہہ رہی تھیں۔ زخموں کی تکلیف سے گردن ڈھلے دیتا تھا۔ میں آخری سیڑھی پر ٹھٹک گئی۔ اس نے میری طرف دیکھا اور نہایت مظلومانہ انداز کے ساتھ ہاتھ کے اشارے سے پناہ دینے کی درخواست کی۔

تھوڑی دیر تک تو اس کو جواب نہ دے سکی۔ پھر میں نے دیسی گجرات کی زبان میں اس سے کہا "کیا تم بہت زخمی ہو گئے ہو؟"

زخم خوردہ سپاہی نے آہستہ سے گردن اٹھائی اور میری طرف نظر بھر کر دیکھا اور تعجب کے ساتھ پوچھا "تم گجراتن ہو؟"

خبر نہیں کیوں اس کے اس لفظ سے میرے خون میں جوش پیدا ہوا۔ اور میرا دل زور زور سے دھڑکنے لگا۔

میں نے جواب دیا "ہاں میں گجراتن ہوں۔ مگر میرا یہ گھر ہے — اور میں —؟

اس نے آگے بڑھ کر میرا پلّہ پکڑ لیا اور کراہتے ہوئے کہنے لگا "تم میری مدد کرو، مجھے مردہ سمجھ کر چھوڑ دیا گیا ہے۔ میں پھر اپنی فوج میں جا ملوں گا۔"

دروازہ پیٹنے کی آوازیں آنے لگیں۔

اپنے پرم دیوتا کے بعد میں نے اس چھوٹی سی کوٹھری کو جس کو انہوں نے اپنا کتب خانہ بنایا تھا نہایت احتیاط کے ساتھ تالا لگا کر بند کر دیا تھا اور پردے ڈال رکھے تھے۔ کیوں کہ میں اس جگہ کو مقدس سمجھتی تھی اور میرا خیال تھا کہ اس جگہ ان کی روح ضرور آتی ہے، لیکن اس وقت گھبراہٹ میں میں نے اس زخمی سپاہی کا ہاتھ پکڑا کمرے میں لائی۔ کوٹھری کا کواڑ کھول کر جلدی سے اس کوٹھری کے اندر بند کر دیا۔ لوگ زور زور سے کواڑ کوٹ رہے تھے۔ مجھے ڈر ہوا کہ کہیں دروازہ ٹوٹ نہ جائے یا کسی کو کچھ اور شبہہ نہ ہو جائے۔ اس لئے میں نے دروازہ کھول دیا۔

دروازہ کھلتے ہی زرد زرد پگڑی والے اندر گھس آئے اور گھر کی تلاشی لینے لگے۔ اِدھر اُدھر جھانکا غسل خانے میں دیکھا۔ باورچی خانے میں گئے کمرے میں گئے۔ اور پھر اوپر چڑھ گئے۔

میری اس وقت عجیب حالت تھی۔ ہوش و حواس کھوئے ہوئے تھے سانس قابو میں نہ تھا۔ ہاتھ پاؤں کانپ رہے تھے آنکھیں کوٹھری کے پردے پر جمی ہوئی تھیں۔ کوشش سے بھی نہ ہٹتی تھیں۔ ذرا سی دیر میں سب سپاہی دھم دھم کرکے نیچے اُتر آئے۔ خیر اور توبا ہر چلے گئے۔ مگر ان میں سے ایک بالکل میرے قریب آکر کھڑا

ہو گیا۔ اس کی آنکھیں چڑھی ہوئی تھیں۔ مونہہ سے شراب کی بد بو کے بھبکے آرہے تھے۔ بول چال بہت سخت تھی۔

کہنے لگا " میں نے ایک گجراتی کتے کو تمہارے گھر میں گھستے ہوئے دیکھا ہے وہ تمہارے گھر کی کھڑکی پر چڑھ رہا تھا۔"

میں نے گھبرا کر جواب دیا " تم نے خود دیکھ لیا ہے کہ یہاں کوئی نہیں ہے"

اس کے چہرے پر ایک عجیب مسکراہٹ دوڑ گئی اور مجھ سے پوچھا " تم یہاں اکیلی رہتی ہو؟"

میں نے کہا " ہاں جب سے میرے پریم پتی لڑائی میں کام آگئے۔"

"اچھا تو تم یہاں اکیلی رہتی ہو۔" کہتے ہوئے وہ ایک نشہ باز دیو کی طرح آڑے ترچھے قدم ڈالتا ہوا میری طرف بڑھا۔ میں اپنی جگہ کھڑی رہی۔ اور میں نے اس سے کہا " تم اس گجراتی کتے کو دیکھنے جاؤ کہ وہ کہاں چلا گیا۔" اس نے میری گردن میں باہیں ڈالتے ہوئے کہا " نہیں نہیں وہ چلا گیا۔ خیر کہیں بھی ہو میں تو اب یہیں ٹھہروں گا۔ اس نے میری گردن کو کھینچ کر اپنے دانت میری ناک پر جمادیئے۔

میں نے اس کو دھکا دیا وہ ہلا بھی نہیں۔ میں نے اس کے نیچے سے نکلنے کی بہت کوشش کی مگر بے کار۔ میرے مونہہ سے بے اختیار نکلا " دیا کرو" مگر اس نے کچھ پرواہ نہ کی اور زبردستی کھینچ کر مجھے اپنے سینے سے لگا لیا میں نے بہت بہت ہاتھ پیر مارے مگر اس نے نہیں چھوڑا۔

کہنے لگا " ہاتھ پیر مارنے سے کچھ فائدہ نہیں ہوگا۔ چپ چاپ میرے ساتھ اوپر چلی چلو۔ ورنہ سپاہی آجائیں گے اور تمہیں کھا جائیں گے۔"

میں نے کہا "ٹھیرو، ٹھیرو۔ ایشور کا واسطہ مجھے چھوڑ دو۔ دیا کرو دیا۔"

اس نے ایک نہ سنی۔

میں مچل رہی تھی اور وہ مجھے اٹھا کر اوپر لے جا رہا تھا کہ وہ گجراتی گرتا پڑتا باہر آگیا۔ اور کہنے لگا "ٹھیر جا او نامرد کتے"

مالوی سپاہی نے ایک دم مجھے ہاتھ سے چھوڑ دیا اور میں زمین پر آ پڑی۔ گجراتی سپاہی زخموں سے چور چور ہو رہا تھا۔ مگر اس کے چہرے پر خفیف سی مسکراہٹ موجود تھی۔

اس نے مالوی سے کہا "میں تمہارا قیدی ہوں، مجھے لے چلو اور اس دیوی کو چھوڑ دو۔"

مالوی سپاہی نے غرا کر کہا "ہاں ہاں تم ہمارے قیدی ہو۔"

یہ دونوں میرے گھر سے باہر جانے لگے۔ گجراتی مسکرا رہا تھا اور مالوی حیران تھا۔ ایک لمحہ میں وہ میری نظروں سے اوجھل ہو گئے۔

میں نے اس گجراتی سپاہی کو پھر کبھی نہیں دیکھا۔ ممکن ہے کہ اس کو اسی وقت مار دیا گیا ہو اور بہت ممکن ہے کہ وہ اب تک زندہ ہو۔ لڑائی ختم ہونے کے بعد اگر میں گجرات جاتی تو شاید وہ مجھے ملتا یا نہ ملتا۔" میں اس کے احسان کا شکریہ ادا کرتی۔ مگر میں پھر نہ گجرات گئی اور نہ مالوہ میں رہی۔ کیونکہ وہ سدھار چکے تھے۔ اب میرا مالوہ میں بھی کون تھا۔ میرا تو اس دنیا میں بھی رہنے کو جی نہ چاہتا تھا۔ اب میں یہاں رہتی ہوں، اس جگہ کا نام ہے نہ نشان۔ جنگل کے اس پار۔ آبادی سے دور۔ ایک چھوٹی سی پہاڑی ہے۔ اس کے دامن میں ایک جھونپڑی ڈال رکھی ہے دن رات

اس میں پڑی رہتی ہوں ، یہی میرا مندر ہے ، یہی میرا محل ہے اور یہی میری کٹیا یہاں نہ کوئی پڑوسی ہے اور نہ ہمسایہ نہ کوئی دوست ہے نہ دشمن ۔ اب مجھے نہ گجرات کی جیت کی خوشی ہے ، نہ مالوہ کی ہار کا رنج ۔

اس پریم کی نگری میں نہ قومی تعصب کا گھر ہے نہ دشمنی کا اثر میں ہوں تنہائی ہے ان کی یاد ہے اور ان کا تصور ۔ زندگی میں وہ میرے پتی تھے ور اب میرے دیوتا ہیں ۔

انہی کی یاد میں پریت کے گیت گاتی ہوں ۔ یہی میر روزمرہ ہے او ہی میری پوجا ۔ انہی کے نام کی پوجا کرتی ہوں ، انہی کی مالا جپتی ہوں اس سے میرے من کو سکھ اور آتما کو شانتی نصیب ہوتی ہے ۔

☆☆☆

بیوہ

تعارف

اس کو قدرت کی ستم ظریفی نہ کہیے تو اور کیا کہیے کہ اس نے مجھ ایسے اجبک اور بیگانہ محبت انسان کو ایک رومان لکھنے کے لئے منتخب کیا اور رومان بھی کس کا ــــ؟ سوشیل کا۔

سوشیل دہلی کے ایک مشہور خاندان کا نونہال اور نہایت ذہین اور فہیم نوجوان تھا۔ ہمارے کالج میں آئے ہوئے اُسے ابھی چند مہینے ہی ہوئے تھے کہ اس نے ہر شخص کے دل پر اپنی ہر دل عزیز شخصیت کا سکّہ جما دیا۔ کالج کے طلبا کیا بلکہ پروفیسر صاحبان اور پرنسپل بھی اس کی عزت کرنے لگے۔ یوں تو وہ مذہب، سائنس، فلسفہ اور حکمت، معاشرت اور اقتصادیات، تجارت اور صنعت غرض زندگی کے ہر پہلو پر اس ہمہ گیری کے ساتھ گفتگو کیا کرتا۔ کہ یہ محسوس ہوتا تھا کہ اس نے محض اسی چیز کا مطالعہ کیا ہے۔ لیکن حقیقت یہ ہے کہ اس کی طبیعت کو فنونِ لطیفہ کے ساتھ خاص لگاؤ تھا وہ ایک چابک دست مصور بھی تھا اور ایک خوش گلو نغمہ نواز بھی۔ ایک خوش فکر شاعر بھی تھا۔ اور ایک نازک خیال ادیب بھی۔

بارہا ایسا ہوا کہ مشاعرے نے اس کی غزل کو حاصل مشاعرہ قرار دیا جلسہ نے اس کی تقریر کو بہترین تقریر مانا۔

اس کی تصاویر پر اوّل درجے کے انعامات دئے گئے۔ اس کے گانوں کی بے حد تعریفیں کی گئیں۔ غرض اس کے ذوق کو ہر طرح سراہا گیا اور کالج کی سوسائٹیوں کے

بلند مرتبہ عہدے اس کو پیش کیے گئے۔

چند دنوں ہی میں اس کے گرد دوستوں کا ایک وسیع حلقہ قائم ہو گیا لیکن یہ واقعہ ہے کہ جتنا بے تکلف وہ مجھ سے ہوا تھا کسی سے نہیں ہوا۔

جب کبھی وہ کوئی نئی غزل کہتا داد خواہانہ انداز میں مجھے سناتا جب کبھی کوئی افسانہ لکھتا مجھے دکھاتا۔ اور یہی نہیں بلکہ وہ اپنی خانگی زندگی کے متعلق بھی سب اچھی بری باتیں مجھے سنایا کرتا تھا اور اکثر مجھ سے مشورہ لیا کرتا تھا اور در اصل مجھے بھی اس سے بہت زیادہ اُنس ہو گیا تھا۔ ہمیشہ اس کے خانگی معاملات میں اپنے مشوروں سے اس کی تشفی کیا کرتا۔ اس کے گانوں کی تعریفیں کرتا۔ اس کی غزلیں اور نظمیں اس کی موٹی سی بیاض سے نقل کرتا اس کے افسانے صاف کر کر کے رسائل میں چھپنے کے لئے بھیجتا۔ غرض اس کی دلداری میں کوئی بات باقی نہیں چھوڑتا تھا ہم بورڈنگ ہاؤس کے ایک ہی کمرے میں ساتھ رہا کرتے تھے۔ دونوں ساتھ مطالعہ کرتے اور ساتھ سوتے اور ساتھ ہی صبح کو اُٹھ کر دریا کے کنارے ٹہلنے کے لئے نکل جاتے تھے۔ سوشیل سحر گاہی چہل قدمی کا بہت عادی تھا۔

کبھی کبھی میں اس کو اس کے موٹاپے پر ''بھائی بھدے'' اور ''بھائی غبی'' کہہ کر چھیڑا کرتا تھا۔ وہ ہنستا تھا اور بعض دفعہ خود بھی ہنس کر کہتا یار خود میری سمجھ میں نہیں آتا کہ میری ایسی ''رومانی روح'' کو ایک ایسے لحمی پنجرے میں محبوس کرنے میں جو ایک مارواڑی سود خوار کے لئے زیادہ موزوں ہے خبر نہیں کہ قدرت کی کون سی مصلحت ہے!

سوشیل کی آمد

موسم گرما کی تعطیلات ختم کرنے کے بعد جب میں کالج پہنچا تو معلوم ہوا کہ انفلوئنزا

کی وجہ سے دو ہفتہ کی چھٹیاں اور بڑھ گئیں اور دو گھنٹہ تک میں اس شش و پنج میں رہا کہ واپس گھر چلوں۔ یا یہیں ٹھہر جاؤں؟

لیکن آخر اسی نتیجہ پر پہنچا کہ گھر واپس نہیں جانا چاہیئے۔

سب طلبار اپنے اپنے گھروں کو گئے ہوئے تھے۔ نوکر چاکر باورچی وغیرہ بھی جدھر جس کے سینگ سمائے چلے گئے تھے اور "بورڈنگ ہاؤس" بالکل خالی تھا۔ میں تن تنہا اپنی کھٹیا سنبھالے پڑا رہتا۔ دن میں دو تین مرتبہ حلوائی کی دوکان پر پیٹ پوجا کے لئے جانا ہوتا تھا۔ اور شام کو ٹہلنے کے لئے ذرا باغ تک چلا جاتا تھا۔ باقی دن رات اینڈنے کے سوا کوئی کام نہ تھا۔

دوپہر کا وقت تھا، میں بچھونے پر لیٹا ہوا کروٹیں بدل بدل کر سونے کی کوشش کر رہا تھا۔ اور ایک مچھر میرے کان کے پاس بھن بھن کر رہا تھا اور بار بار میری ناک اور ماتھے پر ڈنک مارتا جاتا تھا۔ میرے اوپر اس وقت کچھ ایسی سستی سوار تھی کہ ہاتھ اُٹھا کر اس کو سزا دینے کی ہمت نہ پڑتی تھی۔ صرف سر ہلا ہلا کر مچھر سے نجات پانے کی کوشش کر رہا تھا کہ یکایک کسی کی اندر گھسنے کی آواز آئی اور پھر کسی نے کہا "کوئی یہ سامان اوپر لے آؤ"۔

میں نے فوراً پہچان لیا کہ یہ آواز سوشیل کی ہے۔

میں اس دق کرنے والے مچھر کی شرارتوں کو بھول گیا اور اچھل پڑا اتنے میں میرا جگری دوست سوشیل میرے سامنے کھڑا تھا۔

وہ خوش ہو کر کہنے لگا خدا کا شکر ہے کہ تم یہاں ہو۔

میں نے بڑی مسرت کے ساتھ خوش آمدید کہا۔ اور اسے پنکھا جھلنے بیٹھ گیا۔

تھوڑی دیر بعد وہ نہایا۔ میں نے کچھ پوریاں اور مٹھائی حلوائی کی دوکان سے لا کر دیں۔ اس نے وہ کھائیں۔ تب ذرا اس کو اطمینان حاصل ہوا۔

میں پھر اپنے جھکے ہوئے بستر پر لیٹ گیا اور سوشیل سے کہنے لگا۔

کہئے آج کل آپ کی شاعرانہ رنگین نوائیوں کا کیا رنگ ہے؟

اس نے جواب دیا۔ جی نہیں آج کل مجھے اور کام ہے۔

جس وقت اس نے یہ فقرہ کہا تو اس کی آنکھوں میں عجیب کیفیت تھی۔

میں نے حیرت سے کہا۔ سوشیل اور کام؟

مجھے بتانے میں کچھ عذر ہے۔ کہ وہ کیا کام ہے؟

سوشیل نے کہا۔ میں ہندو ودوا کی شادی کی حمایت میں ایک کتاب لکھ رہا ہوں۔ چونکہ اب تک اس موضوع پر جتنی کتابیں لکھی گئی ہیں ان کی زبان اور اسلوب بیان عام فہم نہیں ہے۔ اس لئے وہ ہر شخص کی سمجھ میں نہیں آسکتیں۔

میں تعجب کے ساتھ اس کا مونہہ تکنے لگا۔

سوشیل میری اس حیرت سے گھبرایا نہیں بلکہ نہایت اطمینان اور خود اعتمادی کے ساتھ دو چار منٹ بالکل خاموش رہا پھر کہنے لگا۔ بہت اچھا اب ہم شام کو اس کے بارے میں گفتگو کریں گے۔ اس وقت ذرا مجھے بازار جانا ہے۔ کچھ ضروری کام ہے!

وہ چلا گیا۔

اس کے جاتے ہی میں نے اس کا کرمچ کا بیگ کھولا اور اس کی تمام چیزیں اپنے بچھونے پر ڈال لیں۔ میرا بچھونا اچھی خاصی کباڑی کی دوکان معلوم ہونے لگا۔ کتابیں کاغذ، پنسل، ہولڈر، برش، کنگھے۔ اور کیا کیا بتاؤں کہ کیا کیا نہیں تھا۔ میں پٹی

پر بیٹھ گیا اور کاغذوں کو کریدنے لگا۔ تھوڑی دیر کی چھان بین کے بعد جو میں چاہتا تھا وہ مجھے مل گیا، اور میں نے مسودوں کے سوا سب چیزیں پھر بیگ میں رکھ دیں اور اپنے بچھونے پر لیٹ کر مسودوں کو پڑھنے لگا۔ اور پڑھ کر وہ مسودہ میں نے اپنے پاس ہی رکھ لیا۔

(۳)

انقلاب

سوشیل بالکل بدل گیا تھا۔ اب نہ اس کی وہ خوش فعلیاں تھیں اور نہ وہ چہچے، نہ وہ شاعرانہ بلند پروازیاں تھیں۔ وہ رنگیں نوائیاں نہ وہ جادو بیانیاں تھیں نہ وہ مصورانہ موشگافیاں۔

اب اس کو مجھ سے کبھی کوئی سروکار نہیں تھا۔ جدھر اس کا جی چاہتا چلا جاتا جب اس کا جی چاہتا چلا آتا۔ نہ کچھ کہتا نہ سنتا۔ یہ معلوم ہوتا تھا کہ جیسے ہماری آپس میں علیک سلیک نہ تھی۔ لیکن سب سے زیادہ تعجب کی بات یہ تھی کہ اس نے مجھ سے مسودوں کے بارے میں بھی کچھ دریافت نہیں کیا۔

اگرچہ میں نے "وددا" یا کسی اور موضوع پر اب تک کوئی کتاب نہیں لکھی تاہم میں جانتا ہوں کہ مصنفوں کو مسودہ گم ہو جانے سے بے انتہا تکلیف پہنچتی ہے۔

میں اسی سوچ میں تھا کہ اُس نے ان مسودوں کے بغیر آخر آگے کس طرح کام چلا لیا۔ آخرکار مجھ سے نہ رہا گیا اور ایک دن میں نے مچلاتے ہوئے کہا۔ سوشیل مجھے مسودے عنایت کرنے کے لئے نہیں دیتے؟

اس نے سر ہلاتے ہوئے کہا۔ آپ ان فضول باتوں کو رہنے دیجئے۔ تم نے میرے خیال کا سارا سلسلہ درہم برہم کر دیا۔

مجھے اس وقت ایسا غصہ آیا کہ اس کے خیال کا سلسلہ کیا بلکہ اس کا سر توڑ دوں لیکن اسی وقت ایک ملازم آیا اور اس نے ایک تار دیا۔ تار پڑھنے سے معلوم ہوا کہ میری بہن سخت بیمار ہے۔ مجھے فوراً روانہ ہو جانا چاہیئے۔

سوشیل نے فوراً ٹائم ٹیبل نکالا اور مجھے بتایا کہ فلاں ٹرین اب تمہیں مل سکتی ہے میں نے سوشیل سے کچھ نہیں کہا۔ مگر اپنے دل میں کہا کہ اب تو میں روانہ ہوتا ہوں۔ بہن کی طبیعت سنبھلتے ہی واپس آجاؤں گا اور پھر دیکھوں گا۔ میرا نام ہزاری نہیں اگر اس کے دماغ سے ہندو "ودوا" کی شادی کی حمایت میں کتاب لکھنے کا خیال ہی نہ نکال دیا ہو۔

(۴)

گل بہار

میں گھر پہنچ گیا۔

بہن کی طبیعت تو ذرا سنبھل گئی۔ مگر ابھی کمزوری بہت زیادہ تھی ڈاکٹر نے کہا تمہارا آب و ہوا تبدیل کرنا نہایت ضروری ہے مجھے اس کو اس وقت آب و ہوا کی تبدیلی کے لئے باہر لے جانا بہت برا معلوم ہو رہا تھا۔ اور پرماتما مجھے معاف کرے میں اپنے دل میں کہہ رہا تھا۔ آپا کو بیمار بھی اسی وقت پڑنا تھا کسی اور وقت بیمار ہو جاتی تو کیا تھا۔ مگر ان کے زرد اور پژمردہ چہرے کی خموشی کہہ رہی تھی تمہیں ان کا خیال کرنا چاہیئے۔ تمہارے سوا اس دنیا میں ان کا کون رکھا ہے۔ تم خبرگیری

نہ کروگے تو اور کون کرے گا آخر میں نے روانہ ہونے کا انتظام کیا۔ اور ہمارے شہر سے کوئی بیس میل کے فاصلے پر ایک قصبہ "گل بہار" ہے۔ وہاں کی آب و ہوا بہت مشہور ہے۔ ہم وہاں کیلئے روانہ ہوگئے۔ لیکن جب وہاں پہنچ گئے تو ٹھیرنے کی کوئی جگہ نہ تھی۔ آخر بڑی کوشش کے بعد ایک پرانا مکان مل گیا اور ہم وہاں جاکر آباد ہوگئے۔

یہ مکان بہت بوسیدہ تھا۔ دیواریں گر رہی تھیں۔ چھتیں پھٹ رہی تھیں۔ اور دالان بالکل دبا ہوا تھا۔ اس کے علاوہ یہاں جھینگر مچھر اور مکڑیاں بے شمار تھیں لیکن اس کے برعکس مکان میں بعض خوبیاں بھی تھیں۔ ایک تو یہ کہ مکان بہت بڑا تھا۔ دو دالان ہمیں رہنے کے لئے مل گئے تھے اور چونکہ ہم ڈھائی آدمی تھے۔ ایک میں ایک بہن اور ایک ان کا یتیم بیٹا راجو ہمارے واسطے بہت کافی جگہ تھی دوسری خوبی یہ تھی کہ یہ مکان باغ کے بیچوں بیچ تھا۔ اگرچہ یہ باغ غیر آباد پڑا ہوا تھا لیکن پھر بھی اس میں اتنی شادابی تھی کہ فردوس کشمیر کا ایک گوشہ معلوم ہوتا تھا اور میرا خیال ہے کہ اگر سوئیل یہاں ہوتا تو ویران باغ کو ایک " لاوارث دوشیزہ" سے تعبیر کرتا۔ اور اس کی تعریف میں نظمیں کی نظمیں کہہ ڈالتا۔

تیسری خوبی اس مکان کی یہ تھی کہ اس کے چاروں طرف گھوسیوں کے گھر تھے اور ہمیں ہر وقت تازہ دودھ اور مکھن مل جاتا تھا حسن اتفاق سے ہمیں وہاں ایک نوکرانی بھی مل گئی۔ اس سے بہن کو بڑا آرام ملا۔ بے چاری بڑی محنتی تھی۔ اکیلی تمام گھر کا کام کرتی تھی اور فالتو وقت میں راجو کو بھوتوں کی کہانیاں سنایا کرتی تھی۔

ایک مہینہ گزر گیا۔ بہن کی حالت بہتر ہوگئی۔ اب نہ وہ پہلی سی زردی تھی نہ وہ کمزوری اور مجھے اُمید ہوگئی تھی کہ اگر ان کی حالت اسی طرح روبہ صحت رہی تو ایک مہینہ

میں ان کو گھر پہنچا کر کالج پہنچ جاؤں گا۔

اس اثنا میں تمام وقت گھومنے اور سونے میں گزارتا تھا۔

(۵)

ببلو

ایک دن صبح ناشتہ کے بعد میں سیر کے لئے جانا ہی چاہتا تھا کہ بہن بولیں ماما سویرے سے اپنی بھانجی کی شادی میں گئی ہوئی ہے۔ راجو کو ذرا باہر سے دیکھ کر اپنے ساتھ لے جاؤ۔ نہیں تو دن بھر دھولوں میں پھرتا پھرے گا۔ میں نے اچھا کہا اور باہر نکل آیا۔ راجو کو ڈھونڈھنے لگا۔ آخر بہت دیر کی تلاش کے بعد وہ ایک آم کے ٹہنے پر لٹکا ہوا ملا۔

میں نے اس کا ہاتھ تھام لیا۔ اور ٹہلنے کے لئے قدم بڑھائے۔ مگر راجو کی چہل قدمی کا ڈھنگ اپنا ڈھنگ تھا۔ وہ کبھی سیدھا نہ چلتا تھا۔ بلکہ اس کا طریقہ ایسا تھا جس کو جومیٹری کی زبان میں "وطیری" کہتے ہیں۔

میں نے اس کو اپنے فیشن کے ساتھ چلنے نہ دیا اور اس کا ہاتھ اور ذرا مضبوطی کے ساتھ پکڑ کر جلدی جلدی ایک کھیت پار کرنے لگا۔ چلنے میں کوئی چیز زمین پر گھسٹتی ہوئی معلوم ہوئی۔ میں نے اس کو معلوم کرنے کے لئے زمین پر نگاہ ڈالی تو دیکھا کہ راجو کی جیب لٹکی ہوئی چلی آرہی ہے۔ میں نے پوچھا راجو یہ کیا ہے؟

اس نے جواب دیا "آم"

میں نے کہا۔ اتنے سارے کیا کرو گے؟ تم ان کو گھر میں نہیں رکھ سکتے دیکھو نا

تمہاری جیب کھٹی جا رہی ہے۔

راجو نے میری بات پر دھیان نہ دیتے ہوئے جواب دیا۔ دو میں کھاؤں گا اور تین بیلو کو دوں گا۔

میں نے اپنے دل میں کہا آخر یہ بیلو کون ہے؟ پھر خیال آیا کہ یہ دو چار گھر عیسائیوں کے یہاں ہیں۔ شاید ان میں کوئی ہو مگر پھر فوراً یہ خیال آیا کہ عیسائی بیلو نام تو نہیں رکھ سکتے۔ آخر جب کوئی ٹھور ٹھکانے کی بات سمجھ میں نہ آئی تو راجو سے پوچھا۔ بیلو کون ہے۔ راجو نے ایک مکان کی طرف اشارہ کرتے ہوئے کہا وہ اس میں ہے۔

میں نے مکان کی طرف غور سے دیکھا۔ بہت سی رنگ برنگ کی ساڑھیاں اور دوسرے زنانہ لباس جن کے نام مجھے معلوم نہیں۔ ایک رسی پر لٹکے ہوئے دھوپ میں سوکھ رہے تھے

اتنے میں ایک لڑکی نظر آئی۔ جونہی راجو کی نظر اس پر پڑی۔ اس نے خوشی سے اچھلتے ہوئے کہا وہ ہے بیلو۔ میں اس کو آم دینے جاتا ہوں۔ یہ کہہ اپنا ہاتھ چھڑا اور تیر کی طرح یہ جا وہ جا۔

مگر میں نے اس کو اپنی نظرے اوجھل نہ ہونے دیا اور اس کے پیچھے ہو لیا۔ جب میں گھر کے قریب پہنچ گیا۔ تب مجھے پتہ چلا کہ یہ لوگ بھی ہمارے ہی فرقے سے تعلق رکھتے ہیں

میں چار و ناچار راجو کے انتظار میں وہاں کھڑا ہو گیا رسمی آؤ بھگت کے بعد تھوڑی دیر میں ایک بوڑھا آدمی مکان سے باہر آیا اور مجھ سے کہنے لگا۔ ہم

ابھی یہاں آئے ہیں اور آپ کیا یہیں رہتے ہیں۔ میں نے مختصر الفاظ میں اپنے یہاں رہنے کی سرگزشت بیان کردی۔ تھوڑی دیر کی گفتگو کے بعد راجو کو لے کر وہاں سے واپس چل پڑا۔

راستہ میں راجو نے بتایا کہ بیلو نے مجھے پانچ سیب دئے تھے۔ بیلو کی دو بڑی بہنیں ہیں اور تین بھائی ہیں وغیرہ وغیرہ بچے کتنی جلدی آپس میں سل مل جاتے ہیں۔ ایک آم پر ایک سیب پر ان کے ایسے تعلقات قائم ہو جاتے ہیں کہ ہم بڑوں کی بڑی پر تکلف دعوتیں بھی ایسا میل ملاپ پیدا نہیں کر سکتیں۔ بس یہ سمجھ لیجئے ایک فرقہ ایک عقیدے کے دو گھرانے اتنی سادگی کے ساتھ متعارف نہیں ہوئے جتنی راجو اور بیلو۔

بیلو کے باپ جگل بابو نے مجھے ایک دن کھانے پر مدعو کیا، اور دوران گفتگو میں مجھے بتایا۔

میری منجھلی لڑکی ایک خطرناک بیماری میں مبتلا ہے۔ ڈاکٹروں نے جواب دے دیا ہے۔ ہم تبدیلی آب و ہوا کے لئے اسے یہاں لے آئے ہیں۔ شاید پرماتما دیا کرے اور اس کی طبیعت سنبھل جائے۔

میں نے اپنی بہن کا حوالہ دیتے ہوئے حتی الامکان انہیں یقین دلانا چاہا کہ لڑکی کی طبیعت اچھی ہو جائے گی۔

مگر میں نہیں کہہ سکتا کہ ان کو میرے اس کہنے سے دلاسا دینے سے کچھ تسلی ہوئی یا نہیں چونکہ گفتگو کا موضوع بہت جلد بدل گیا۔ ایک دن میں نے بیلو کی ماں اور اس کی بہنوں کو اپنے ہاں بلایا۔ اور اسی طرح تعلقات بڑھتے گئے اور

خصوصاً بیلو تو ہمارے گھر کا بچہ معلوم ہونے لگے۔

(۶)

انوکھی ضد

ایک دن دوپہر کو آرام کے بعد میں چارپائی سے اٹھ رہا تھا کہ ڈاکیہ آیا اور اس نے مجھے خط دیئے۔

بیلو راجو کے ساتھ آدھے آدھے آم بٹوا رہی تھی کہ اس کی نظر ڈاکیہ پر پڑی وہ آموں کو چھوڑ چھاڑ ڈاکیہ کے پیچھے بھاگی اور کہنے لگی ایک خط مجھے دیدو۔

پوسٹ مین نے جواب دیا تمہارا کوئی خط نہیں ہے۔ بیلو نے روٹھی ہوتے ہوئے کہا۔ مجھے ایک خط دے دو میں اپنی بہن کو دوں گی۔ ڈاکیہ مسکراتا ہوا اپنا تھیلہ سنبھالے چلا گیا

پھر بیلو نے میرے ہاتھ سے خط لے لیا اور کہا "ماما یہ میں لے لوں؟

میں نے اس کے ہاتھ سے خط لیتے ہوئے کہا تم اس کا کیا کرو گی؟

بیلو نے جواب دیا میں اپنی بہن کو دونگی وہ روز خط کے لئے روتی ہیں۔ اماں ڈانٹتی ہیں۔ بڑی بہن گھر کتی ہیں۔ مگر وہ روئے جاتی ہیں ... بیلو اپنی معصومیت میں گھر کے ایک بھید کو ظاہر کر رہی تھی اس لئے میں نے اس کی توجہ ہٹانے کے لئے کہا۔ تمہاری بہن اس خط سے خوش نہیں ہونے کی۔ اس وجہ سے کہ اس پر اُن کا نام لکھا ہوا نہیں ہے۔

میری اس دلیل کا بیلو کو کچھ اثر نہ ہوا اور اس نے آنسو بھری آنکھوں سے میری طرف دیکھتے ہوئے کہا۔ پھر تم اس پر ان کا نام کیوں نہیں لکھ دیتے۔ پھر یہ

خطا ان کا ہو جائے گا۔

میں نے کہا بیلو میں تمہاری بہن کا نام نہیں جانتا اور تم اپنے گھر جاؤ نا تھوڑی دیر میں زیادہ اندھیرا ہو جائے گا۔ تمہاری ماں بولیں گی۔

وہ یہ سن کر چلی گئی۔

(۷)

عجیب انکشاف

رات کو بہت زیادہ سردی پڑنے کی وجہ سے میں اچھی طرح سویا نہیں تھا اور صبح کو اپنا کمبل لپیٹے ہوئے کروٹیں بدل کر سونے کی کوشش کر رہا تھا کہ اچانک مجھے محسوس ہوا کہ چھوٹا سا ہاتھ برف کی طرح ٹھنڈا ہاتھ میرے مونہہ پر رکھا ہوا ہے میں نے گردن ہلائی تو بیلو کی آواز معلوم ہوئی وہ کہہ رہی تھی ماما ذرا مونہہ کھول کر ادھر دیکھو یہ بہن کا خط ہے۔ ان کا نام اس پر لکھا ہوا ہے۔ بس تم بھی ایسا ہی نام ایک خط پر لکھ دو۔

مجھے کبھی ایسا اتفاق نہیں ہوا تھا اور نہ کسی ایسے بچے سے سابقہ پڑا تھا۔ اگر اس کی بہن روتی ہے تو مجھے اس سے کیا واسطہ؟ میں نے اسے ڈانٹنے کے لئے مونہہ کھولا کہ میری نظر خط پر پڑی اور میں گھبرا کر اٹھ گیا اور بیلو کے ہاتھ سے خط لے لیا یہ خط سوشیل، میرے جگری دوست سوشیل نے لکھا تھا۔ میری آنکھیں دھوکا نہیں کھا رہی تھیں۔ یہ تحریر بھی اس کی تھی اور یہ خوبصورت رنگین لفافہ بھی اسی کا تھا مگر میری سمجھ میں نہیں آتا تھا کہ میرے خوش باش نوجوان دوست سوشیل اور اس دیہاتی لڑکی "برج رانی" کے درمیان جو ایک ناقابلِ علاج بیماری سے آہستہ آہستہ

موت کے موہنہ میں چلی جا رہی تھی۔ کیسے تعلقات ممکن ہو سکتے ہیں

میں نے بیلو سے پوچھا تمہیں یہ خط کہاں سے ملا۔ بیلو نے کہا ماما تم کیسے ہو۔ کیا مجھے خبر نہیں کہ بہن اس خط کو تکیہ کے اندر رکھتی ہیں اور روز اسے نکال کر پڑھتی ہیں اور روتی ہیں۔ بابو کے پاس روز نئے خط آتے ہیں۔ بھائی کے پاس روز خط آتے ہیں اور کبھی کبھی اماں اور بڑی بہن کے پاس بھی خط آتا ہے۔ مگر بہن برج رانی کے پاس کوئی نیا خط نہیں آتا۔ کوئی ان کو خط نہیں لکھتا۔ میں خط لکھنا نہیں جانتی نہیں تو روز ایک خط ڈاکیئے کو لکھ کر دے دیتی کہ یہ میری بہن کو دے دینا۔

میرے دشمنوں نے بھی کبھی مجھے حساس اور روحانی انسان نہیں کہا۔ مگر خبر نہیں اس بچے کے الفاظ میرے دل میں کیوں چبھ رہے تھے بچے نہیں کہ اس دنیا میں زخم لگنا کتنا آسان ہے اور اس زخم کا بھرنا کتنا مشکل ہے۔ وہ اپنی معصومیت میں یہ سمجھ رہی تھی کہ کاغذ سے قلم پر چند لکیریں کا کھینچ دینا میری روتی ہوئی بہن کی تسلی کے لئے کافی ہیں۔ وہ نہیں جانتی کہ ایک مرتے ہوئے انسان کو بچانے کیلئے یہ تھوڑا سا کام کرنے میں کون سی رکاوٹیں حائل ہیں اُس نے میری طرف اعتماد بھری نظروں سے دیکھا۔ ماما اب لکھ دو۔ دیکھو بالکل ایسا ہی لکھنا۔

میں نے کہا۔ اچھا جاؤ کھیلو۔ بیلو خوشی خوشی اچھلتی کودتی چلی گئی!

میرے ہاتھ میں خط تھا اور میں عجیب کش مکش میں تھا کہ اس کو کھولوں یا یونہی رکھ دوں بہت دیر تک اسی شش و پنج میں رہا۔ آخر کار میرا جذبہ تحقیق غالب آیا اور میں نے اس لفافہ میں سے کاغذ نکال لیا۔

(۸)
خط

پیاری برج رانی۔ پرماتما تمہاری آتما کو سکھ عطا کرے میں گھر والوں کو راہِ راست پر لانے کی کوشش کر رہا ہوں مگر وہ کسی طرح رضامند نہیں ہوتے لیکن مجھے اب ان کی رضامندی اور ناراضگی کی کوئی پرواہ نہیں۔

وہ لوگ ایک بیوہ کے ساتھ شادی کرنے کو۔ خاندانی عزت و آبرو کی بربادی سماج کے نظام اور اصولوں کی خلاف ورزی۔ شاستر اور ان کے قوانین کی بے حرمتی سمجھتے ہیں۔

لیکن میں اس خاندانی عزت و آبرو کو انسانیت کی بے آبروئی اور نیچر کی بے عزتی سمجھتا ہوں۔ سماج کے نظام اور اصولوں کو ایک بدترین لعنت اور قابل نفرت ڈھکوسلہ سمجھتا ہوں۔ شاستر اور ان کے قوانین کو دھرم کے ٹھیکے داروں کے پیٹ کا دھندہ سمجھتا ہوں۔ وہ تمہیں ایک بے آب موتی۔ ایک لٹا ہوا سہاگ ایک اُجڑی ہوئی بہار اور ایک کھویا ہوا پیار سمجھتے ہیں۔ لیکن میں تمہیں ایک آبدار موتی۔ ایک سدا بہار سہاگ۔ ایک ازلی اور ابدی بہار ایک ملکوتی پیار سمجھتا ہوں۔ وہ کہتے ہیں کہ تم تاثر جذبات سے خالی ایک نظم ہو۔ سوزِ جگر سے عاری ایک شعر ہو۔ گداز ترنم سے محروم ایک نغمہ ہو۔ ضرب مضراب سے تشنہ ایک ساز ہو۔ درِ اجابت سے ناآشنا ایک دعا ہو۔

لیکن میرے خیال سے تم روح جذبات سے لبریز ایک حسین نظم ہو سوز جگر سے بھرا ہوا ایک جاں گداز شعر ہو۔ گداز ترنم سے معمور ایک وجد آفرین نغمہ

ہو مضراب سے مستغنی ایک سحر آگیں ساز ہو۔ زر اجابت سے بے پروا ایک معصوم دعا ہو۔

ہائے میں کیوں کر مان لوں کہ اب تمہیں شادی رچانے کا حق حاصل نہیں اب تمہارا بیاہ مہاپاپ ہے۔

ابھی تم فہم و ادراک کی منزلوں سے دور ہی تھیں کہ تمہیں اسیر ازدواج کر دیا گیا، اور بغیر تمہاری مرضی اور مشورہ کے مناکحت کی سنہری زنجیروں میں جکڑ کر ایک اجنبی کے حوالے کر دیا گیا اور اس زمانے میں جب کہ تمہارے نزدیک شادی بیاہ محض ایک ہنگامہ کے مرادف تھا اور اس وقت تم سہاگ کی سربلندیوں اور بیوگی کی بدبختیوں سے بے خبر تھیں اور اب جب کہ زمانے کی ناسازگاری نے یہ روح فرسا صورت پیدا کی تو تم بدبخت اور منحوس ٹھیرائی گئیں تمہارے اوپر رنگ ریشم، پھول و خوشبو، بناؤ سنگار حرام کر دیا گیا۔ خوشی اور شادمانی کے مواقع پر تم کو بدشگونی کا عنوان قرار دیا گیا اور یہاں تک کہ تمہارے سائے سے بچنا بھی لازمی سمجھا گیا۔ لیکن میں پوچھتا ہوں کہ آخر تمہیں کیوں قصور وار ٹھیرایا گیا؟ تم نے کون سا گناہ کیا؟ یا تمہارے میں کیا کمی آگئی؟ تمہاری کون سی شے بدل گئی۔ تمہارا کیا گھٹ گیا۔ آخر مجھے کوئی بتائے تو سہی کہ تمہاری زندگی کو شباب کی ماتم داری اور سہاگ کی سوگواری کے لئے وقف کرنے سے کچھ فائدہ ——؟

اچھا میں اب اس غم کے راگ کو زیادہ چھیڑ کر تمہارے دل کو دکھ دینا نہیں چاہتا پھر کبھی دعا کرو پریم ایشور ہم کو جلد ملائے۔

تمہارا صرف تمہارا

سوشیل

(۹)

کنواری بیوہ

ایک دن صبح کو ناشتہ کرنے کے بعد بہن نے کہا ذرا مجھے بابو جگل کشور کے گھر تک پہنچا دو گے؟ میں نے سنا ہے کہ بیمار لڑکی کی حالت نازک ہے میں نے پوچھا یہ لڑکی کون ہے۔ کس کی بیوی ہے؟ کہنے لگیں یہ بے چاری ''کنواری بیوہ'' بچپن میں اس کی شادی ہوئی ابھی سیانی بھی نہ ہونے پائی تھی کہ ودوا ہوگئی۔ شوہر کی آغوش میں جانے سے پہلے بیوگی نے اپنے آغوش میں لے لیا۔ سہاگ کی سیج نصیب ہونے سے پہلے بیوہ کہلانا بھاگ میں لکھا تھا۔ اب غریب زندگی کی گھڑیاں پوری کر رہی ہے۔

میں نے بہن کو جگل بابو کے گھر پہنچا دیا وہ اندر کے حصہ میں چلی گئی اور میں باہر برآمدہ میں جگل بابو سے باتیں کرتا رہا۔ مگر وہ بہت اُداس اور پریشان معلوم ہو رہے تھے۔ ان کو گفتگو میں زیادہ دلچسپی نہ تھی۔ اس وقت میں نے وہاں سے ٹل جانا ہی مناسب سمجھا اور مناسب طریقے سے اجازت لے کر چلا آیا۔

دوپہر بھر میں اپنے بستر پر لیٹا ہوا اسی معاملے پر غور کرتا رہا کبھی سوشیل کی جرأت و ہمت کا خیال آتا اور اس کے دل میں سماج کے بندھنوں کے خلاف جو عملی احتجاج کرنے کا جذبہ موجود تھا۔ میرے دل میں اس کی قدر پیدا ہوتی۔ اور کبھی اس کو ''مہا پاپ'' سمجھ کر کانوں پر ہاتھ دھرتا اور کہتا کہ جس طرح ہوگا سوشیل کو میں اس سے بچاؤں گا کبھی برج رانی کی زار حالی کا خیال آکر طبیعت بھر آئی۔

مگر کوئی تدبیر ایسی سمجھ میں نہ آتی تھی کہ جس سے سوشیل کی آبرو رہ جائے۔ اور برج رانی کی جان بچ جائے۔

دو تین گھنٹے بعد بہن راجو اور بیلو کو لے کر آگئیں۔ بیلو نے آتے ہی کہنا شروع کیا ماما وہ خط لکھ لیا ہو تو دے دو۔

میں نے کہا۔ بیلو خط ایسی جلدی تھوڑا ہی لکھا جاتا ہے۔ جاؤ تم راجو کے ساتھ کھیلو۔ میں لکھ دوں گا۔

اس نے جواب دیا۔ تم کب لکھو گے۔ بہن تو مر رہی ہے۔ اس نے آج مجھ سے کہا ہے۔

اور یہ کہتے ہی سسکیاں بھرنے لگی۔ میں نے اُسے بڑی مشکل سے بہلایا اور باہر بھیج دیا۔

(۱۰)

سوشیل کے خوابوں کی ہیروئن

جس وقت میری آنکھ کھلی تو میں نے دیکھا کہ سارا گھر پریشانی میں ہے اور اس پریشانی کا موجب بیلو ہے۔ یہ معلوم ہو رہا تھا کہ جیسے اس پر کسی کا سایہ پڑ گیا ہے۔ نہ ہمارے گھر میں ٹھیرنا چاہتی تھی۔ اور نہ جانا نہ کھڑے رہنا پسند کرتی تھی اور نہ بیٹھتی اور نہ لیٹتی تھی مچلے جا رہی تھی اور ہلکان ہوئی جاتی تھی۔ اگر راجو اس کے پاس جاتا تو اس کو نوچتی اور کاٹتی تھی۔ وہ غریب بھی اس کی انوکھی نسوانی ضد کو دیکھ کر ہکا بکا ہو رہا تھا۔ بہن الگ بیلو کی یہ حالت دیکھ کر کڑھ

رہی تھیں۔ اور بیلو خود اس سے واقف نہ تھی کہ میں کیوں رو رہی ہوں۔

میں بیلو کے پاس گیا اور اس سے کہا بیٹا بس اب مت رو نہیں تو میں خط لکھ کر نہیں دینے کا۔

بیلو بیٹھ گئی۔ اور اپنی ننھی سی ساڑھی کے دامن سے آنسو پونچھنے لگی تھوڑی دیر بعد میں نے بیلو اور راجو کو کچھ ترکاری دی اور بہلا کر دونوں کا ہاتھ پکڑ کر ٹہلنے کے لئے باہر آیا ٹہلتے ٹہلتے جب ہم بیلو کے گھر کے قریب پہنچے تو ــــ یکایک بیلو نے کہا وہ دیکھو میری بہن باغ میں بیٹھی ہوئی ہے۔ یہ کہہ کر وہ سیدھی بھاگی میں نے باغ کی طرف غور سے دیکھا تو مجھے درختوں کے جھنڈ میں کپڑوں کا ایک بنڈل سا نظر آیا۔

چونکہ عشق و محبت کے اس ناٹک میں حصہ لینے کے لئے میں مجبور تھا۔ اس لئے مجھے اس ڈرامے کے دوسرے ایکٹروں کو دیکھنے کا حق بھی حاصل تھا۔

میں برج رانی کو دیکھنے کے لئے آگے بڑھا اور جب میں اس کے کافی قریب پہنچ گیا تو مجھے سانولے رنگ کی تیلی دُبلی لڑکی اور اس کی دو بڑی آنکھیں دکھائی دیں۔

یہ تھی سوشیل کے خوابوں کی ہیروئن۔

بیلو اس کے پاس کھڑی ہوئی کہہ رہی تھی بہن کل خط تمہیں ضرور مل جائے گا۔ ڈاکیہ کل تمہارے لئے ایک بڑا خط لائے گا۔ برج رانی اس کی طرف ٹکٹکی باندھے ہوئے دیکھ رہی تھی۔ تھوڑی دیر کے بعد کہنے لگی۔ تجھے کیسے معلوم ــــ؟ کیا اوپر والے کہہ گئے ہیں۔

بیلو نے اپنے گھونگروالے بالوں کو جنبش دیتے ہوئے کہا مجھے معلوم ہے
کل تمہارا خط ضرور لاؤں گی۔ اچھی آپا مرو نہیں۔
برج رانی نے اپنی زبان سے ایک لفظ نہیں کہا مگر اس کی آنکھوں سے
آنسوؤں کی لڑیاں بندھ گئیں۔

(11)

خلش

اس سے پہلے میں نے اپنی زندگی میں ایسے دل گداز واقعات کب دیکھے تھے نہ کبھی میں عشقیہ نظموں کی کتابیں پڑھنے کا عادی اور نہ المناک رومان دیکھنے کا شائق اور جہاں تک مجھے یاد پڑتا ہے۔ کبھی میں ہمدرد خلائق اور فیاض انسان نہیں کہلایا گیا۔ پھر خبر نہیں کیا بات تھی کہ اس لڑکی کے لئے میرا دن کا چین اور رات کی نیند حرام ہو گئی تھی۔ نہ وہ میری رشتہ دار تھی اور نہ میں اس کے حسن و جمال کا مفتوں۔ پھر سمجھ میں نہیں آتا تھا کہ میرے دل میں اس کے لئے ایک الجھن ایک خلش کیوں پیدا ہو گئی تھی۔ ہر وقت دل میں اسی کا خیال تھا اور آنکھوں میں اسی کے دیکھنے کا شوق تھا۔ میرے دل و دماغ پر اس نے پورا قبضہ کر لیا تھا۔ اور اگر یہ بات نہ تھی تو پھر میں ایک آسیب زدہ انسان کی طرح اس جاں بلب لڑکی کے گھر کے چکر کیوں کاٹا کرتا تھا۔ اس سے پہلے میں ظاہر کر چکا ہوں کہ برج رانی خوب صورت نہ تھی۔ اس کے علاوہ جس مرض کا وہ شکار تھی، وہ عشق و محبت کے جذبات کو فنا کر دینے کے لئے کافی سے زائد تھا۔ تاہم اس کی

نحیف اور شوق ماجرا صورت اور یکسر انتظار بڑی بڑی آنکھیں دن میں چھ سات مرتبہ دیکھے بغیر مجھے چین نہ آتا تھا اور جس وقت میں اس کو دیکھتا تھا تو میرے ہوش و حواس جاتے رہتے تھے۔ اور کوئی میرے کان میں کہتا تھا تو اس کی گلو خلاصی کر سکتا ہے مگر نہیں کرتا۔

(۱۲)

مسرّت کا سراب

شام کو چار پانچ بجے ڈاک آیا کرتی تھی پہلے تو میں گھر پر ڈاک کا انتظار کیا کرتا تھا۔ لیکن اب بلو کے خط کے تقاضے سے بچنے کے لئے گھر سے باہر چلا جاتا تھا۔ اور شام کو بہت دیر سے گھر لوٹتا تھا۔ اور اکثر جگل بابو کے گھر کے سامنے سے گزرتا تھا اور ہمیشہ میری نگاہیں اس کھڑکی پر جمی رہتی تھیں جس کے آگے ڈاکئے کے آنے کے وقت برج رانی اپنی نحیف انگلیوں سے سریئے کو پکڑ کر کھڑی ہو جاتی تھی۔

اس کی بے کار زندگی کے بے معنی ڈرامے کے اختتام کے چند دن اور چند راتیں باقی تھیں۔

ایک ناشگفتہ کلی شگفتہ ہونے سے پہلے مرجھا گئی تھی۔ لیکن کچھ عرصہ بعد ایک مرتبہ نسیم سحری اٹھکھیلیاں کرتی ہوئی اس کے پاس آئی اور سرگوشیاں کر کے اس کے دل کی گہرائیوں سے شمیم نکہت چرا کر لے گئی۔

آہ وہ بھی اسی آسرے پر جی رہی تھی۔ کہ شاید پھر ایک مرتبہ کوئی بلبل

اپنے شیریں نغموں سے میری مرجھائی ہوئی کو پلوں میں جان ڈال دے۔ لیکن اب اس کی زندگی کی گھڑیاں پوری ہو چکی تھیں اور موت کی بھیانک دیوی اس کی طرف پوری تیزی کے ساتھ بڑھ رہی تھی۔ ایک دن میں نے دیکھا کہ برج رانی کھڑکی کے پاس ڈاکیے کو دیکھنے کے لئے آکر کھڑی ہوئی کہ اس کی ماں نے اُسے برا بھلا کہتے ہوئے پیچھے گھسیٹ لیا۔

آہ مسرت کا سراب بھی دیکھنا اس کے لئے ممنوع تھا۔ اس کے پاس صرف خلش انتظار کی لذت رہ گئی تھی وہ بھی اس سے چھنی جا رہی تھی۔

(۱۴)

وداع

میں بیلو سے کسی طرح نہ بچ سکا۔

ایک دن اچانک اس نے مجھے سڑک پر پکڑ لیا اور میرے اوپر ایک دیوانی کی طرح پھری ہوئی آئی اور سسکیاں بھرتی ہوئی کہنے لگی تم بڑے برے ہو۔ تم بڑے خراب ہو۔ اگر تمہارا ارادہ ان کو نیا خط دینے کا نہ تھا تو تم نے ان کا وہ خط کیوں لیا۔

میں نے کہا بیلو تم ایسی جلدی نہ کرو۔ تمہاری بہن کو بہت جلدی ایک خط ملنے والا ہے اور بڑی مشکل سے پھسلا کر ٹال دیا اور وہیں زمین پر بیٹھ کر سوچنے لگا۔

سوچتا رہا .....

"برج رانی" کی آنکھیں اچھے دنوں میں مسرت کا خزانہ ہوں گی مگر آہ وہ مسرت وہ قہقہے آنسوؤں میں تبدیل ہو گئے۔ کیا اب کسی طرح وہ خوشی

کی راجدھانی اس کو دوبارہ دی جاسکتی ہے؟

اگر اب وہ مسکرائے گی تو کیسی ہوگی؟ اگر اس کی تمام کلفتیں اور اذیتیں جلاوطن کرکے اس کی تصویر کو خوشی اور شادمانی کے رنگوں سے دوبارہ تیار کیا جائے تو وہ کیسی دل کش ہو جائے گی ـــــــ؟ کیا مجھے اس کی کوشش کرنی چاہیے اور اس سلسلے میں کیا کر سکتا ہوں۔ اب وہ اس لازوال رات کی سرحد میں داخل ہوا چاہتی ہے۔ کیا میں اس کو روشنی کی جھلک دکھا سکتا ہوں۔

میں نے بہت کوشش کی مگر کچھ سمجھ میں نہ آتا تھا۔ میری تمام تجویزوں کو سماج کی ناقابل عبور رکاوٹوں۔ رسم ورواج کی پابندیوں۔ شاستر اور اس کے قوانین کی بندھنوں نے رد کر دیا۔ اور آہ ـــــــ بس میرے دماغ نے یہی فیصلہ کیا کہ جس طرح سے ممکن ہو اس کو مایوس کر دیا جائے پھر شاید اس کو موت کے موہنہ سے نجات مل سکے۔

میں نے اس کو ایک خط لکھا خط جعلی تھا۔ سوشیل کی طرف سے لکھا تھا۔ اسی کے ہاتھ کی نقل تھی۔ لیکن الفاظ میرے تھے۔ لیکن اس وقت تجزیہ ناممکن تھا کہ مجھے اس سے محبت ہے یا نہیں۔ تاہم میں کہہ سکتا ہوں کہ جو کچھ میں نے محسوس کیا تھا وہی لکھا۔

میں نے لکھ دیا تھا کہ جس خیال میں تم ہو وہ فضول ہے۔ میں تم سے شادی نہیں کر سکتا۔ یہ ایک مہا پاپ ہے۔ سماج شاستر اور رسم ورواج کے خلاف اور میں ان سب چیزوں کو ٹھکرا کر ہمیشہ کے لئے اپنی زندگی پر کلنک کا ٹیکہ نہیں لگوا سکتا۔ اس لئے مجبور ہوں اور لاچار۔ لیکن اگر پرماتمانے چاہا تو آئندہ جنم

تب تم میری ہو گی اور میں تمہارا۔

اس طرح بیلو کی بہن کو یہ خط لکھا گیا۔

میں آزادی کے ساتھ اس کا اعتراف کرتا ہوں کہ میں نے دھوکا دیا گناہ کیا۔ مگر میں کیا کر سکتا تھا۔ قدرت کو منظوری یہی تھا۔

موت کا دولہا اس کے لئے آغوش وا کئے ہوئے کھڑا تھا اور وہ دلہن بن کر جا رہی تھی۔

چند دن کے بعد وہ اپنے دولہا کے ساتھ اس دنیا کے میکہ سے سدھا گئی اس جگہ ہمارے فرقہ کے صرف چند لوگ تھے۔ میں نے بڑی مشکل سے انہیں جمع کیا۔ ہم ارتھی لے کر چلے۔ اور اس وقت بیلو رو رو کر کہہ رہی تھی آپا مت جاؤ۔ اچھی آپا نہ مرو میں تمہارے لئے بہت سارے خط لاؤں گی چھوٹا بھائی الگ پچھاڑیں کھا رہا تھا۔

ہم اس کی لاش کو لکڑیوں کے ڈھیر پر جب رکھنے لگے تو کوئی چیز زمین پر گری۔ میں نے اٹھا لی۔

یہ وہ خط تھا جو میں نے اس کو لکھا تھا۔ وہ اپنے نئے گھر میں اس کو ساتھ لے جا رہی تھی۔ میں نے بھی اس کو بھڑکتے ہوئے شعلوں کی نذر کر دیا۔

جب تک چتا کی آگ ختم نہ ہوئی۔ میں وہاں بیٹھا رہا اور جس وقت میں واپس آیا تو اندھیرا چھا گیا تھا۔ دو تین روز بعد ہم گھر واپس آ گئے اور ایک مہینہ وہاں رہ کر میں کالج پہنچ گیا۔

غیر فانی یادگار

میں نے سامان رکھنے سے پہلے ہی معلوم کیا کہ شمیل کہاں ہے لیکن آہ جو کچھ میں سن رہا تھا مجھے یقین نہ آتا تھا۔ میں سمجھ رہا تھا۔ میرے کان مجھے دھوکا دے رہے ہیں۔ میری سماعت مجھے بہکا رہی ہے۔ آہ وہ بھی اس دنیا کو چھوڑ چکا تھا۔

لوگوں نے بتایا کہ دو ہفتہ کا عرصہ ہوا کہ صبح کو وہ اپنے بستر پر مردہ پایا گیا۔ اس کے سرہانے ایک چھوٹا سا پرچہ اور ایک قلمی کتاب رکھی ہوئی تھی کتاب کا نام "بیوہ" ہے اور ٹائٹل پیج کے بعد پہلے صفحہ پر یہ تحریر تھا۔

"برج رانی کی پاک روح کے نام" آہ یہ مرنے والے کی غیر فانی یادگار رہے۔

☆☆☆

ٹھوکر

میں اندر آجاؤں ـــــ؟

جونی ـــــ میری پیاری بیٹی میں اندر آ جاؤں ـــــ؟ مجھے معلوم ہے تم جاگ رہی ہو۔ بہت دیر سے میں تمہارے قدموں کی آہٹیں سن رہی ہوں ـــــ تم اتنے رات گئے اپنے بچھونے سے اُٹھ کر کیوں اِدھر اُدھر پھر رہی ہو ـــــ؟ تم جواب نہیں دیتیں، لو میں اندر آ جاتی ہوں ـــــ

ہیں ! تم نے یہ کھڑکی کیوں کھول رکھی ہے ـــــ؟ اتنی ٹھنڈی ہوا ہے ـــــ کہیں تمہیں ٹھنڈ نہ لگ جائے! آخر ماجرا کیا ہے؟ میری بچی تیری طبیعت تو کچھ خراب نہیں ہے ـــــ؟

جواب دو ـــــ ماں کو جواب دو ـــــ

"نہیں اماں میری طبیعت خراب نہیں ہے!"

پھر کیا بات ہے ـــــ؟ اچھا ذرا میں بتی تو جلا لوں ـــــ تم رو رہی ہو ـــــ ہاں ہاں تم رو رہی ہو۔ چاند اِدھر دیکھو ـــــ اِدھر دیکھو، ماں کی طرف چہرے پر سے ہاتھوں کو ہٹاؤ ـــــ ماں کو اپنی چاند سی صورت دیکھنے دو ـــــ پیاری تم کیوں رو رہی ہو ـــــ چھپانے سے کیا فائدہ! اُٹھو ـــــ اپنے بچھونے پر جا کر لیٹ جاؤ آخر اس وقت تمہیں کیا ہو گیا ہے تم بچھونے پر جا کر آرام سے سو کیوں نہیں جاتیں؟

"مجھے نیند نہیں آتی ـــــ اماں میں سو نہیں سکتی۔"

"خیر نیند نہیں آتی کوئی بات نہیں ہے۔ مگر تم لیٹ تو جاؤ۔ اتنی رات گئے ٹھنڈ میں کھڑے رہنے سے نتیجہ؟ میری جونی تجھے کیا ہو گیا ہے۔ تیری نیند کس نے اُڑا دی۔؟

اماں مجھے نہیں معلوم ــــ میں نہیں جانتی کہ میری نیند کیوں اُڑ گئی ہے۔

خیر گھبرانے کی کوئی بات نہیں ہے ــــ جب میں بھی تیری طرح تیرہ، چودہ برس کی تھی تو کسی بات کی خوشی یا رنج کی وجہ سے راتوں کو گھنٹوں جاگا کرتی تھی ــــ مگر اس طرح بستر سے باہر ــــ اچھا اب کھڑکی کے پاس سے ہٹو اور سیدھی بچھونے پر جا کر لیٹ جاؤ۔

اُف ــــ میری جان تیرا چہرہ اتنا زرد کیوں پڑ رہا ہے۔ تیری کٹوراسی آنکھیں اتنی سرخ کیوں ہو رہی ہیں ــــ آہ تیری آنکھیں تو سوجی ہوئی ہیں۔ میری جونی تجھے کیا ہو گیا ــــ میری جان کیوں تو اپنی جان کو ہلکان کر رہی ہے؟ آ میرے پاس آ۔ میں تجھے اپنے پہلو میں لٹا لوں ــــ اپنے کلیجہ سے لگا لوں۔

میری پیاری کپڑا اوڑھ کر لیٹ جا ــــ میں تیرے پاس بیٹھی ہوئی ہوں ــــ میری جان مت رو ــــ اتنی ننھی سی جان کی اتنی بڑی بڑی سسکیاں ــــ ہاں ہاں ــــ ماں سے سب کچھ کہہ دے پھر تیرا دل ہلکا ہو جائے گا ــــ تو چین کی نیند سو سکے گی۔

"اماں میں نہیں ــــ میں نہیں کہہ سکتی ــــ"

"اماں میں کسی سے نہیں کہہ سکتی ــــ کبھی نہیں کہہ سکتی۔"

میری بچی تو کہہ سکتی ہے۔ ماں سے سب کچھ کہہ سکتی ہے ــــ تو اور راحن

بچپن سے سب باتیں مجھ سے کہتے آئے ہیں ـــــ میری جوئی تو نے تو اس وقت مجھے پریشان کر دیا ہے ـــ میری جان مجھے بتا دے کیا بات ہے ــــ؟

"نہیں نہیں ـــ اماں میں نہیں بتا سکتی"

چاندا اتنے زور سے مت بول تیرے باپ کی آنکھ کھل جائے گی ـــــ

جوئی تم اتنی لرز کیوں رہی ہو ـــــ تمہیں بخار تو نہیں ہو گیا ــــ سردی میں کھڑے رہنے سے ٹھنڈ لگ گئی ـــ اچھا ٹھیرو میں ابھی تمہارے لئے ایک چائے کی پیالی گرم گرم بنا کر لاتی ہوں۔

نہیں ـــ نہیں اماں میرے پاس سے نہ ہٹو۔ مجھے اکیلی چھوڑ کر نہ جاؤ مگر ــــــ

"نہیں ـــ نہیں اماں میرے پاس سے نہ ہٹو ـــــ تم کہیں نہ جاؤ"

اچھا میں نہیں جاتی مگر مجھے بتاؤ تو سہی کیا بات ہے بتاؤ جلدی سے ـ

ننی اب مجھے اور زیادہ پریشان نہ کر۔ جلدی سے بتا دے کیا بات ہے۔؟ اپنی ننی کی یہ حالت دیکھ کر میرا کلیجہ مونہہ کو آ رہا ہے۔ میری جان جلدی سے بتا دے۔

نہیں ـــــ میں نہیں بتا سکتی ـــــ مگر تمہیں معلوم ہو جائے گا سب کو معلوم ہو جائے گا۔

تمہیں ـــــ ابا کو ـــ اور ـــــ سب کو اسکول میں ۔ آہ! سب کو معلوم ہو جائے گا ۔ میں برداشت نہیں کر سکتی۔ میرے سے برداشت نہیں ہو سکتا"

جوئی ـــــ میری سمجھ میں نہیں آیا کہ تمہارا کیا مطلب ہے ـــــ اوہ اب میری سمجھ میں آیا۔ تمہیں اپنے امتحان کے نتیجہ کا فکر ہے۔ پرچے اچھے نہیں کر کے آئیں۔ سمجھ رہی ہو کہ امتحان کی رپورٹ آئے گی تو سب کو معلوم ہو جائے گا کہ تم پاس

نہیں ہوئیں ـــــ اچھا؟ اتنی سی بات کے لئے اتنا رو رہی ہو۔ چلواب مت
رو ـــــ اگر پاس نہیں ہوئی تو کوئی بات نہیں ہے۔میں کچھ نہیں کہوں گی تمہارے
باپ بھی کچھ نہیں کہیں گے۔میں ان کو سمجھا دوں گی۔
اماں نہیں ـــــ امتحان ـــــ نہیں ـــــ بابا ـــــ امتحان ـــــ ہوہو
ـــــ امتحان کا فکر ـــــ بابا ـــــ ہوہو۔ امتحان ـــــ"
جوئی چپ کرو۔اس طرح نہ ہنسو ـــــ فوراً چپ کرو۔اتنی خوفناک
آواز ـــــ تو یہ اگر امتحان کا فکر نہیں ہے تو مجھے بتاؤ کیا بات ہے؟ اگر تم نے
اس طرح ہنسنا بند نہ کیا تو میں تمہارے باپ کو آواز دے کر بلاتی ہوں۔وہ کسی
ڈاکٹر کو لاکر دکھائیں گے۔
"نہیں اماں نہیں ابا کو آواز مت دو۔"
تو پھر مجھے فوراً بتاؤ کیا بات ہے۔تم نے میرا دل ہولا دیا ہے۔جوئی
جلدی بتا ـــــ میرا دم نکلا جا رہا ہے۔
میں نہیں کہہ سکتی ـــــ تم مجھ سے نفرت کرنے لگوگی۔میری صورت
دیکھنا بھی گوارا نہ کروگی ـــــ اور ابا ـــــ آہ وہ تو مجھے جان سے ـــــ
اماں میں کیا کروں ـــــ میں کچھ نہیں کر سکتی ـــــ میں نے بہت سوچا مگر ـــــ
اماں تم جانتی ہوگی کہ مجھے کیا کرنا چاہیے ـــــ اماں میں تمہیں کس طرح بتاؤں
کہ مجھے کیا ہوگیا ہے ـــــ میں نہیں کہہ سکتی ـــــ میں نہیں۔"
اب مجھے بتانے کی ضرورت نہیں ہے۔میں سمجھ گئی۔
"تمہیں کیسے معلوم ہوگیا؟ تم کیسے جان گئیں؟ اماں تم میری طرف نہیں

دیکھ رہیں — تم نے اپنا ہاتھ میرے کاندھے پر سے ہٹا لیا۔ تم مجھ سے نفرت کرنے لگیں۔ اب تم میری صورت دیکھنا بھی گوارا نہ کروگی — اب میں مرجانا چاہتی ہوں اب مجھے مرجانا چاہیے۔ اب اس گھر میں ذرا سی دیر بھی نہیں رہ سکتی — میں — میں —"

بھئی — میری ننھی بچی — میری پیاری۔ میری بات سنو۔ ذرا اپنے دل کو سنبھال کر ماں کی بات سن لو۔ تمہیں میری جان کی قسم ایسی دل ہلا دینے والی باتیں نہ کرو۔ دیکھو اس دنیا میں تیرے باپ۔ تیرے بھائی راجن اور تیرے سوا میرا کون ہے۔ تم تینوں کو میں چاہتی ہوں — میرے دل میں تم تینوں کے سوا کوئی نہیں ہے۔ جونی تیرا خیال ہے کہ دنیا میں کوئی بات ایسی بھی ہے جو میری محبت کو بدل دے نہیں۔ ہرگز نہیں میری محبت نفرت سے نہیں بدل سکتی۔ پیاری۔ یہ سب میرا قصور ہے میں نے تیرے ساتھ غلط طریقہ اختیار کیا تجھے اتنی آزادی دی اور محبت کے دھوکوں سے بچنے کے لئے کچھ بھی نہیں بتایا آہ — کچھ نہیں سمجھایا۔ میں ابھی تک تجھے بچہ ہی سمجھتی رہی — تیرے باپ کہتے رہے کہ زمانے کی ہوا بہت بری ہے۔ اپنی بچی کا زیادہ سے زیادہ خیال رکھو — اتنی آزادی نہ دو — لیکن — میں بالکل اندھی بنی ہوئی تھی۔

تیرے باپ نے بہت کہا کہ اب اس کی عمر اتنی آزادی دینے کی نہیں ہے اور اسکول —

نہیں اماں اسکول نہیں — یہ بات نہیں ہے۔ اسکول کی لڑکیاں تو — نیک۔

آہ۔ میں نے تیرا کچھ خیال نہیں کیا۔ تیرے باپ کے کہنے کی بھی کوئی پرواہ نہیں کی — پرماتما مجھے معاف کرے — یہ سب میرا قصور ہے — میری پیاری بچی تیرا کوئی

قصور نہیں ہے تو اپنے آپ کو الزام نہ دے۔ تجھے کوئی الزام نہیں دے سکتا۔

میں ملزم ہوں۔

کچھ دن کے لئے میں۔ اور تم —— ہم دونوں کہیں اور چلے جائیں گے۔ دونوں مل کر اس مصیبت کا مقابلہ کریں گے۔

پیاری! ماں تیری مدد کرے گی تجھے سہارا دے گی۔ ماں مضبوط ہے —— سہارا دے سکتی ہے —— جس طرح بھی ہو سکے گا وہ کوئی راستہ نکال لے گی۔

مگر میری ننھی میری چاند کو شرما دینے والی خوب صورت بچی —— یہ تو بتاؤ کہ آخر یہ کون نابکار —— کون ظالم —— کون شیطان تھا جس نے میری نئی کونپل کو —— توڑ دیا —— آخر اس درندے نے ایسی جرأت ——

"نہیں اماں اس کا کوئی قصور نہیں ہے —— وہ قصوروار نہیں ہے —— اس کا ہرگز ایسا ارادہ نہیں تھا۔ اماں میرا بھی ارادہ نہیں تھا —— مگر ——"

پیاری مجھے اس صفائی کی ضرورت نہیں ہے۔ میں اپنی ننھی جوئی کو جانتی ہوں —— اچھی طرح جانتی ہوں —— وہ بالکل نردوش ہے۔ قصور اُسی بد معاش کا ہوگا تمہیں اس کے بچاؤ کی ضرورت نہیں ہے۔

"مگر اماں یہ سچ ہے بالکل سچ ہے وہ بے قصور ہے۔ تمہیں اس پر الزام نہیں رکھنا چاہئے —— اس کا ارادہ نہیں تھا کہ ——"

پھر کس طرح ——

اماں ایک دن تم اور ابا کہیں باہر کھانے پر گئے ہوئے تھے —— ہم کھانا کھا کر ریڈیو سنتے رہے۔ گیارہ بج گئے۔ راجن اپنے کمرے میں جانے لگے کہ یکایک

—ہمیں خبر نہیں کیا ہو گیا—
آہ ہم دونوں کا کیا ہو گا— ہم بالکل اندھے ہو گئے— راجن کا ہرگز کوئی ارادہ نہیں تھا۔
جونی تو کیا کہہ رہی ہے۔ کیا کہہ رہی ہے۔ ہائے میں کیا سن رہی ہوں۔ اب—"
نہیں۔ کچھ نہیں۔ میں نے کوئی بات نہیں کہی— مجھ سے غلطی ہو گئی میری زبان سے غلط نام نکل گیا وہ ہمارا راجن نہیں تھا۔ وہ تو—
جونی تو مجھ سے جھوٹ بول رہی ہے۔
نہیں نہیں۔ میں جھوٹ نہیں بول رہی۔ اماں وہ ہمارا راجن نہیں تھا وہ تو ایک اور راجن ہے— تم اسے—
تم جھوٹ بول رہی ہو۔
اماں نہیں۔ اچھی تم میری طرف اس طرح نہ دیکھو۔ تم یہ سمجھ رہی ہو— میں—
اماں مجھے ڈر لگ رہا ہے آپا۔ کہاں ہیں— راجن کہاں گیا—؟ مجھے ڈر لگ رہا ہے۔ اماں چپ رہو۔
اماں ہمارا ارادہ ہرگز نہیں تھا— ہم نے کبھی اس سے یا اس کے بعد ایسی باتوں کے متعلق بات چیت بھی آپس میں نہیں کی— بالکل اچانک یکایک خبر نہیں ہمیں کیا ہو گیا—؟
ہائے میری زبان سے یہ نام کیسے نکل گیا—

اماں! میں یہاں سے کہیں چلی جاؤں گی۔ میں تمہارا گھر چھوڑ دوں گی ——تم مجھے پھر کبھی نہ دیکھ سکو گی۔

اماں یہ اس کا قصور نہیں —— میرا ہے۔ ہاں ہاں میرا ہی قصور ہے ——میں جانتی ہوں کہ میں نے ٹھوکر کھائی ہے وہ نردوش ہے —— راجن کی اچھی ماں ہے—— راجن بالکل ویسا ہی پاک ہے۔ جیسا تم اس کو سمجھتی تھیں ——میں ہوں پاپن —— میں ہوں جس نے۔

اماں تم راجن سے بدظن نہ ہو۔ تم اس سے مایوس نہ ہو جو کچھ کیا —— میں نے تم —— مجھ سے نفرت کرو۔

جوئی ماں تجھ سے نفرت نہیں کرسکتی۔ ماں تجھے اپنی گود میں پناہ دے گی ماں مضبوط ہے۔ طاقتور ہے تجھے سہارا دے گی —— وہ کوئی صورت کوئی تدبیر —— کوئی راستہ نکال لے گی۔

☆☆☆

محبّت کا نذرانہ

دو بھرپور جوانیاں ـــــ شراب و شباب کی متوالی دو ہستیاں ایک مرد اور ایک عورت ـــــ

ان دونوں میں نہ رنگ و نسل میں اتفاق اور نہ قومیت اور وطنیت میں اتحاد ایک مشرقی ایک مغربی ـــ اتفاقِ زمانہ کے ہاتھوں ان کو محبت کی خوش وقتیاں اور یگانگت کی خوش وقتیاں نصیب ہو گئی ہوں ـــــ اور پھر انہوں نے شباب و جوانی۔ محبت و شادمانی کی جاں نواز اور روح پرور فضاؤں میں شراب و شباب کے خم کے خم لنڈھائے ہوں۔ مئے وصال خوب چھک چھک کر پی ہو ارتباط اتصال کے بے غل و غش مزے لُوٹے ہوں اور لُوٹ رہے ہوں اور مزوں کے عوض اگر ان کو دنیا و مافیہا کی تمام نعمتیں مل جائیں تو یہ قابلِ قبول نہ سمجھیں۔

پھر یکایک بغیر کسی باہمی تلخی و ناگواری کے بعض مجبوریوں کے ہاتھوں ان کو جُدائی اور مفارقت کی حرماں نصیبیوں سے دوچار ہونا پڑے اور ایسی جدائی اور مفارقت کہ جس سے اُن کے درمیان نہ صرف ہزاروں میل کا فاصلہ حائل ہو جائے بلکہ موت کی ناقابلِ عبور گھاٹی ان دونوں کو ہمیشہ ہمیشہ کے لئے ایک دوسرے سے جدا کر دے۔

کیا کبھی آپ کو ایسی دل دوز مفارقت اور دل دوز جُدائی کا کوئی واقعہ

دیکھنے کا اتفاق ہوا ہے ــــــ؟ یا خدانخواستہ خود آپ پر کوئی ایسا جانکاہ وقت گزرا ہے ؟

اگر نہیں تو تصور کیجئے کہ ایک انسان ان صدمات سے جانبر ہوسکتا ہے ؟ آہ ــــــ میں نے یہ سب کچھ برداشت کیا اور زندہ رہا۔ اور اب خود تعجب ہے کہ کیونکر زندہ رہا۔ اچھا اب اس اجمال کی تھوڑی سی تفصیل بھی سن لیجئے۔

لندن پہنچنے کے بعد دو تین روز تو میں ہوٹل سے باہر ہی نہیں نکلا جب ذرا تکان کم ہوئی تو چوتھے روز سینما گیا۔ حسنِ اتفاق سے روزی میرے قریب ہی آکر بیٹھی کچھ دیر تو نگاہوں میں ہی پیام محبت اور پیغام اُلفت کا تبادلہ ہوتا رہا۔ پھر زبانی گفتگو کی حلاوت نصیب ہوئی۔ اور یہ واقعہ ہے کہ پیغام ہائے محبت اور درخواست ہائے بندگی زبان کی توسل کی محتاج نہیں۔ شوخ بیباک نگاہیں نیازکیش اور تلطف خواہانہ نظریں دل کا حال خود بیان کر دیتی ہیں، اور اس حسن خوبی کے ساتھ کہ زبان کو نہ یہ بات نصیب ہوئی ہے اور نہ ہوگی۔

یہاں بھی ایسا ہی ہوا۔ آنکھوں آنکھوں میں سب کچھ پیش ہوا۔ اور طے ہوگیا گویا آنکھیں ملیں دل مل گئے۔ نگاہوں کے وصل کے ساتھ دلوں کا اتصال ہوگیا۔ پھر روزی تھی اور خلوت کی فردوس سامانیاں۔

یورپ روانہ ہونے سے قبل دوست احباب کہا کرتے تھے کہ حوا کی مغربی بیٹیوں سے بچنا۔ اُن کے دام محبت کا اسیر کسی گھر کا نہیں رہتا۔ اُن کی چالاکیاں

اور عیاریاں شیطان کا بھی مونہہ پھیر دیتی ہیں۔ وغیرہ وغیرہ اور خود میرا بھی یہی خیال تھا کہ یورپین لڑکیاں بہت چالاک اور پرفریب ہوتی ہیں وہ ہندوستانی لڑکیوں کی طرح وفا شعار اور محبت پرست نہیں ہوتیں اور روانہ ہوتے وقت میں نے تہیہ کر لیا تھا کہ میں کبھی ان کی طرف ملتفت ہی نہیں ہوں گا لیکن وہ تمام نصیحتیں اور نظریئے روزی کی ہستی نے رد کر دئے اور واقعہ یہ ہے کہ جس طرح قدرت نے روزی کو بلحاظ حسن صورت ایک حسین مغربی خاتون بنایا تھا۔ اسی طرح بلحاظ سیرت ایک مشرقی عورت بنایا تھا۔

اگر اس میں یورپین لڑکیوں کے غمزے، ناز نخرے، عشوہ طرازیاں اور دل فریبیاں تھیں تو اس کے ساتھ مشرقی عورتوں کی سی عفت مآبی۔ وفا شعاری خدمت اور محبت پرستی بھی تھی بس یہ سمجھ لیجئے کہ روزی کی ہستی میں مشرقیت اور مغربیت اس خوبی کے ساتھ سموئی ہوئی تھی کہ بیک وقت وہ مغربی خاتون بھی معلوم ہوتی تھی اور مشرقی عورت بھی۔ میں تو اپنے دوستوں سے یہی کہا کرتا تھا روزی کی واحد ہستی میں مشرق و مغرب کا ایسا مکمل اور خوب صورت ترین اجتماع ہے کہ کیپلنگ کا وہ مشہور مقولہ مشرق مشرق ہے اور مغرب مغرب اور یہ دونوں کبھی باہم نہیں مل سکتے۔ ایک مضحکہ خیز لطیفہ معلوم ہوتا ہے اور یہ حقیقت ہے کہ روزی سے جتنا قرب مجھے حاصل ہوتا گیا اور میں اس کی دل کی گہرائیوں تک جس قدر رسا ہوتا گیا اتنا ہی میں اس کا دالہ و شیدا ہوتا گیا۔ حتیٰ کہ ایک وہ وقت آیا کہ لندن جیسے "تعیش سامان شہر" میں روزی کی محبت بداماں صحبت کے سوا کوئی چیز میرے لئے باعثِ دلچسپی نہ رہی۔ ریس میں جاتا تو اس کے ساتھ سینما جاتا تو اس کے ہمراہ "لب آبِ جو" چہل قدمی کرتا

تو اس کی معیت میں اور اس کی خاطر سے غرض اس کے بغیر ایک پل چین نہ آتا تھا۔ اور وہ بھی میرے بغیر بیتاب رہتی تھی۔ آخر کار ہماری محبت کی پینگیں اتنی بڑھیں کہ ہم دونوں دو قالب اور ایک جان ہو گئے۔

مجھے خوب اچھی طرح یاد ہے کہ جولائی کی ۱۵ تاریخ تھی۔ شام کے چار بجے ہم دونوں ہوائی جہازوں کی نمائش دیکھ کر آئے تھے کہ ناگہاں ایک تار والا پہنچا تار میرے نام کا تھا۔ روزی نے مجھے لے کر دے دیا۔ تار میں والد صاحب نے تحریر کیا تھا کہ "پہلے جہاز سے ہندوستان روانہ ہو جاؤ۔ تمہاری شادی کی تاریخ مقرر ہو گئی ہے۔" کیا بتاؤں کہ تار کے مضمون سے یکے بعد دیگرے مجھ پر کیا کیا کیفیتیں طاری ہوئیں خوشی، رنج، انکار، خوف، پریشانی، پژمردگی۔ میرا چہرہ زرد پڑ گیا اور ہاتھ پیر سرد۔ روزی میری یہ حالت دیکھ کر گھبرا گئی اور اس نے کہا خیریت تو ہے؟ "خیریت تو ہے،" کہہ کر میرے ہاتھ سے تار لے لیا۔ تار پڑھنے کے بعد اس کی حالت زیادہ متغیر ہو گئی۔ آنکھوں میں آنسو ڈبڈبا آئے۔ ہاتھ کانپنے لگے پیشانی پر پسینہ آ گیا اور زبان لکنت کرنے لگی۔ تھوڑی دیر تک بالکل خاموش رہی پھر روزی نے اپنے آپ کو سنبھالتے ہوئے کہا۔ پیارے نسیم پریشان ہونے کی کیا بات ہے؟ ہندوستان جانے کا انتظام کرو اور اگر ہو سکے تو مجھے بھی ــــ وہ اپنا فقرہ مکمل نہ کر سکی اور اس کی حالت بگڑ گئی۔ میں نے ہر چند اسے تسلی دینی چاہی مگر میری حالت خود خراب ہو رہی تھی۔ میں کسی کو کیا سنبھال سکتا تھا۔ تھوڑی دیر تک یہی حالت رہی پھر رفتہ رفتہ بظاہر طبیعتیں سکون پذیر ہوتی گئیں لیکن اس کے بعد روزی نے میرے سے اس

کے بارے میں کوئی لفظ نہ کہا اور نہ میں نے اس معاملے کو دوبارہ چھیڑنا مناسب سمجھا لیکن میرے دل میں ایک کشمکش تھی، الجھن تھی۔ کبھی یہ خیال ہوتا کہ والد صاحب کو لکھدوں کہ میں نہیں آسکتا اور فی الحال مجھے شادی کی ضرورت نہیں۔ پھر یہ خیال آتا کہ کب تک یہاں پڑے رہوگے؟

پھر یہ خیال آتا کہ روزی کو لیکر ہندوستان چلو۔ پھر شادی کے اہتمامات خاندان کی بدنامی۔ والد صاحب کی ناراضگی۔ والدہ صاحبہ کے رونے دھونے کا تصور سے جی ڈر جاتا اور روزی کو ساتھ لے جانے کی ہمت نہ پڑتی۔ غرض کئی روز اسی کشمکش میں گزر گئے۔ آخر کار میں اس نتیجہ پر پہنچا کہ فی الحال تنہا ہندوستان روانہ ہو جانا چاہئے اس کے بعد خدا نے چاہا تو روزی ہندوستان پہنچ جائے گی۔

اُف وہ بھی کیا وقت تھا جب روزی مجھے جہاز پر سوار کرنے آئی تھی میرا چھوٹا ہینڈ بیگ اس کے دائیں ہاتھ میں تھا۔ ہم دونوں بالکل خاموش گردنیں جھکائے آہستہ آہستہ قدم بڑھا رہے تھے۔ روزی کا بھائی وِالکٹ ہمارے پیچھے پیچھے آرہا تھا۔ اس وقت میں اپنے جذبات پر قابو پانے کی بے انتہا کوشش کر رہا تھا۔ اور خاموش تھا لیکن جس وقت میری نظر روزی کے حسین چہرے پر پڑی تو میں نے دیکھا کہ روزی کی خوبصورت آنکھوں سے دو آنسو موٹے موٹے اور تابناک آنسو ڈھلک رہے تھے!!!

اس وقت قوت برداشت نے جواب دیدیا طبیعت بھر آئی اور میں پھوٹ پھوٹ کر رونے لگا۔ اس وقت مجھے نہ تہذیب و تمدن کا لحاظ تھا اور نہ عقل و خرد کا خیال۔ نہ عزت و ناموس کا پاس تھا نہ ننگ نام کا دھیان نہ صبر و شکیب کا یارا تھا

اور نہ رسوائی اور بدنامی کا ڈر، رو رہا تھا اور روئے جا رہا تھا — اپنے آپے سے بے خبر۔

جہاز کی سیٹی کی بھی مطلق خبر نہ ہوئی۔ اگر والکٹ میرا ہاتھ ہلا کر نہ کہے کہ جہاز روانہ ہو رہا ہے تو میں اسی وارفتگی میں کھڑا رہ جاؤں اور جہاز چلا جائے الوداعی بوسہ کے بعد میں جلدی سے جہاز پر چڑھ گیا۔

تختہ جہاز پر صرف ایک مرتبہ روزی کا خوبصورت رومال مجھے ہلتا ہوا دکھائی دیا۔ پھر کچھ ایسا شبہ ہوا جیسے روزی سمندر میں کود پڑی ہے اور لوگ اس کے نکالنے کی جد و جہد کر رہے ہیں۔ میرے پران نکل گئے ہوش و حواس جاتے رہے۔ آنکھوں میں اندھیرا آ گیا مگر پھر میں نے "اسے وہم" سمجھا۔ "فریب نگاہ" خیال کیا اور طبیعت کو سمجھانے کی کوشش کی لیکن تمام راستہ میرے دن کا چین اور رات کی نیند حرام رہی اور یہی خلجان طبع رہا کہ خبر نہیں یہ وہم ہے یا حقیقت۔ لیکن آہ وہ حقیقت تھی اور ناقابل فراموش!

دوستوں کے خطوط سے معلوم ہوا کہ واقعی روزی نے پیکر وفا اور مجسمہ محبّت روزی نے اپنی جان عزیز کھو دی!!

آہ اس "فردوسی تیتری" نے اس ایثار کی دیوی نے اپنی جان گنوا کر دنیا کو دکھا یا کہ محبت کے نذرانے میں جان کا تحفہ پیش کرنا صرف مشرقی عورتوں ہی کا حصّہ نہیں بلکہ دنیا کے ہر حصّہ کی عورت ایسے جان ہار کھیل کھیل سکتی ہے۔

☆☆☆

کسوٹی

جس وقت میری شادی ہوئی تو موضع شرف نگر میں ان کی ایک چھوٹی سی بساط خانہ کی دوکان تھی۔ گو مال و دولت کی ان کے پاس افراط نہ تھی لیکن خدا نے قناعت کی سب سے بڑی دولت ان کو دے رکھی تھی۔ جس کی وجہ سے وہ ہر وقت خوش و خرم رہتے تھے اور اُن کی آنکھوں میں ایک ایسی مسرت ناچتی رہتی تھی کہ جو لکھپتی تو کیا کروڑ پتیوں کو بھی میسر نہیں ہوتی۔

شادی کے بعد محبت اور پیار کی زندگی میں ہم ایسے کھوئے کہ ہمیں احساس بھی نہ رہا کہ دنیا میں تکلیف اور رنج بھی کوئی چیز ہے۔ اُن کے دوکان جانے کے بعد میں گھر کے دھندوں میں لگ جاتی۔ جھاڑو بہارو دیتی۔ برتن دھوتی۔ کھانا پکاتی اور ہر کام میں مجھے عجیب مزا آتا تھا۔ غرض دن اسی طرح بسر ہو رہے تھے کہ مجھے "امید" ہو گئی اور اس کی وجہ سے میری طبیعت ہر وقت گری گری رہنے لگی۔ بہتیرا جی کو سنبھالتی مگر سنبھلتا ہی نہ تھا۔ صبح سے شام تک مونہہ اوندھائے پڑی رہتی تھی نہ پکانے کا ہوش تھا نہ کھانے کا۔ دن رات میں تھی اور کھٹیا۔ اور پھر مہینہ ڈیڑھ مہینہ تک متلی اور چکروں کا ایسا زور رہا کہ آدھی رہ گئی اور مختصر یہ کہ آٹھ نو مہینے بڑی مشکل سے کٹے اور وہ وقت آ پہنچا مگر اب درد مارے ڈالتے تھے۔ لیکن آہ ـــــ وہ بعد کی خوشی ـــــ

دائی کو بلایا گیا ایک دن اور ایک رات کی تکلیفیں برداشت کرنے کے بعد مشکل آسان ہوئی اور خدا نے ایک بیٹا دیا۔ آہ مجھے وہ وقت ہمیشہ یاد رہے گا جب انہوں

نے دائی کے ہاتھ سے بچے کو لے کر بڑے شوق اور پیار کے ساتھ اس کا ننھا سا چہرہ دیکھ کر کہا تھا "ایسا بچہ ماشا، اللہ بہت خوب صورت ہے۔ ہو بہو تمہاری شکل ہے۔"

ننھے کی صورت واقعی چاند سی صورت تھی اور میرا تو یہ خیال یہ ہے کہ ایسا خوب صورت بچہ میں نے آج تک دیکھا ہی نہیں۔ اب اسے آپ میری شیخی سمجھیں۔ یا مامتا۔ بہر حال وہ اپنے باپ کی مکمل تصویر تھا۔ اور یہی نہیں کہ وہ خوبصورت تھا بلکہ ہونہار بھی ایسا تھا کہ ابھی اس کی عمر تین چار سال ہی کی تھی کہ وہ باپ کے ساتھ دوکان جانے لگا اور وہ اکثر کہا کرتے تھے بیگم خدا نے چاہا تو رشید ایک دن بہت کامیاب دوکاندار ہوگا۔ مگر میری اور ان کی یہ مرضی نہیں تھی کہ ہم اس کو دوکان پر بٹھائیں۔ میرا ارادہ تھا کہ رشید کو ڈاکٹر بنائیں اور وہ کہتے تھے کہ خدا نے ان کو غیر معمولی دماغ عطا کیا ہے۔ اس لئے اس کو وکالت پڑھائیں گے۔

خیر چند دن بعد اس کو اسکول میں داخل کر دیا۔ اس کے اسکول میں داخل ہونے سے میں صبح سے شام تک اکیلی رہتی تھی اور یہ تنہائی مجھے بہت بری معلوم ہوتی تھی۔ لیکن خدا کا کرنا کہ کچھ دن بعد خدا نے مجھے ایک بیٹی دے دی اور میں اس کے پالنے میں لگ گئی۔ اب وہ میرا اور بھی زیادہ خیال کرنے لگے اور گھر کے کام کاج کے لئے ایک ماما رکھ لی

(۲)

عیش کے دن گزرتے ہوئے معلوم نہیں ہوتے۔ پانچ چھ سال ہوا کی طرح گزر گئے اور میری منی اپنے پیروں چلنے۔ اور خوب پٹر پٹر باتیں بنانے لگی۔ اس کی پیاری پیاری باتوں نے سب کو موہ لیا۔ ہر ایک اس کو چاہتا تھا اور رشید تو اس پر دل و جان

سے فدا تھا جس وقت دونوں بہن بھائی ہاتھ میں ہاتھ ڈالے باہر سے آیا کرتے تھے تو میری خوشی کی انتہا نہیں رہتی تھی وہ بھی بچوں کو دیکھ دیکھ کر جیتے تھے زندگی بہت مزے سے گزر رہی تھی۔ آہ اس وقت ہماری زندگی کا مطلع بالکل صاف تھا اور خوشی کا سورج اپنی پوری تابانی کے ساتھ جلوہ گر تھا کہ یکایک مصیبت کی ایک کالی گھٹا اٹھی اور اس نے خوشی کے سورج اور اس کی چمکیلی کرنوں کو ڈھانک لیا گرمیوں کے دن تھے اور دوپہر کا وقت۔ دونوں بچے دوکان گئے ہوئے تھے میں ڈیوڑھی دھلوا رہی تھی کہ دور سے مجھے وہ آتے ہوئے دکھائی دیے۔ میرا دل ہولنے لگا کہ خدا خیر کرے! یہ خلافِ معمول اس وقت کیوں آرہے ہیں۔ جب وہ ذرا قریب آئے تو گھبرائے ہوئے معلوم ہوتے تھے۔ ایک دم میرے مونہہ سے زور سے نکلا خیر تو ہے؟ کیا بات ہے۔ کہنے لگے "صغرا کے چوٹ لگ گئی ہے۔ ڈاکٹر کو بلایا ہے۔ ذرا بچھونا ٹھیک کر دو" میں نے پوچھا ہوا کیا۔ کہاں چوٹ لگی؟ کہیں سے گر پڑی؟ اس کے ساتھ بھائی نہیں تھا۔ کہنے لگے "یہی تو ہوا، رشید کی ذرا آنکھ بچی اور اس نے کھیلتے کھیلتے قینچی آنکھوں میں گھسیڑ لی"۔

یہ سن کر مجھے چکر سا آ گیا۔ تھوڑی دیر میں بچی بھی آگئی۔ آنکھوں سے خون کی تلیاں بہہ رہی تھیں۔ اور بے انتہا بلک رہی تھی کسی کروٹ چین نہ آتا تھا۔ ڈاکٹر آئے۔ کئی دن تک علاج ہوا مگر کسی طرح آنکھ قابو میں نہ آتی تھی۔ آخر ڈاکٹروں نے کہہ دیا۔ کہ اب ہمارے بس کا کام نہیں ہے۔ اسے "مونگے" لے جاؤ شاید وہاں اس کی آنکھ بچ جائے۔ مونگے لے گئے۔ آپریشن ہوا۔ مگر آنکھیں نہ بچنی تھیں نہ بچیں۔ ہاں اتنا ضرور فائدہ ہوا کہ تکلیف جاتی رہی۔

(۳)

مصیبت اکیلی نہیں آیا کرتی۔ صغرا کی آنکھیں گئیں۔ تکلیف اٹھائی۔ روپیہ پانی کی طرح بہا۔ جو کچھ رکھا ڈھکا تھا وہ ختم ہوا۔ پھر دکان میں اتنا بڑا نقصان ہوا کہ مجبوراً دوکان اُٹھانی پڑی۔ اب گزارہ کا بھی کوئی ذریعہ نہ رہا۔ دن رات یہی پریشانی تھی کہ گھر کا خرچ کس طرح چلے۔ اور چھوٹے چھوٹے بچوں کی پرورش کس طرح ہو کچھ دن تو میرے گہنے پاتے اور کپڑے لتّے سے جوں توں کر کے گزر گئے۔ لیکن اس طرح کب تک گزارا ہو سکتا ہے؟ آخر فاقوں پر فاقے ہونے لگے۔ ایک دن گھر میں نہ مٹھی بھر آٹا تھا اور نہ کوئی پیسہ کوڑی، دو وقت کا فاقہ تھا۔ سبھی نڈھال ہو رہے تھے لیکن صغرا بچی کا تو بہت ہی بُرا حال تھا وہ تو بھوک کے مارے بلبلا رہی تھی۔ بچی کے موہنہ میں صبح سے ایک کھیل کا دانہ اُڑ کر نہیں گیا تھا۔

آہ! ایک تو وہ معصوم ناسمجھ بچی۔ دوسرے آنکھوں سے معذور۔ پھر اس کا بھوک کے مارے بلبلانا اور پچھاڑے کھانا مارے ڈالتا تھا۔

رشید ایک تو خود بھوکا دوسرے بہن کا مچلنا دیکھ دیکھ کر سراسیمہ ہوا جاتا تھا۔ میں بھی دوپٹے کے آنچل سے آنسو پونچھتے پونچھتے تھک گئی تھی۔

سب کی یہ حالت دیکھ کر اُن سے بھی نہ رہا گیا۔ وہ بھی پھوٹ پڑے۔ کہنے لگے "امینہ اب مجھ سے تمہاری اور بچوں کی یہ حالت نہیں دیکھی جاتی چاہے مجھے ٹوکری ڈھونی پڑے مگر میں بچوں کے لئے کچھ کروں گا مزدوری کوئی عیب نہیں ہے۔ اور عزت کو کب تک اوڑھیں بچھائیں گے۔

عزت؟ جب تھیہ تھا۔ تجارت تھی، نوکر چاکر تھے۔ پیسہ تھا ــــ

تب عزت تھی ـــ اب دولت نہیں رہی تو عزت کہاں رہی ـــ؟ آج کل تو پیسہ کی عزت ہے۔ شرافت اور ایمانداری کو کون پوچھتا ہے ـــ؟

اب وہ زمانہ ہوا ہُوا جب شرافت کی پوچھ تھی اُجلے پوشی کی قدر تھی اور آدمیت کی عزت تھی اب دولت کی عزت ہے ـــ دولت کی ـــ

تھوڑی دیر وہ اسی قسم کی باتیں کرتے رہے اور میں بالکل خاموش رہی جب ان کا جوش ذرا کم ہوا تو میں نے پانی کا گھونٹ دیا۔ پانی پی کر ذرا سکون ہوا تو کہنے لگے "میرا خیال ہے ہمیں یہ مکان بیچ دینا چاہیے۔

میں نے کہا "پھر رہیں گے کہاں ـــ؟

کہنے لگے "دریا کے کنارے ماموں کا جو باغ اُجڑا پڑا ہے وہاں ایک چھوٹی سی بارہ دری ہے اس میں چل کر رہیں گے۔ خدا مسبب الاسباب ہے۔ شاید اسی طرح پھیر دے"

میں نے پوچھا "تمہارے ماموں باغ دے دیں گے؟"

انہوں نے جواب دیا "کل ہی وہ مجھے ملے تھے۔ انہوں نے ہی یہ صلاح دی تھی کہ تم باغ میں چلے آؤ۔ اس کو ٹھیک ٹھاک کر لو۔ زمین زرخیز ہے۔ بہت جلد اچھی خاصی پیداوار ہو جائے گی اور تمہارا گزارہ ہو جائے گا"

تھوڑی دیر تک بالکل خاموشی رہی۔ پھر انہوں نے مجھ سے پوچھا تمہارا کیا خیال ہے ـــ؟

میں نے جواب دیا "جس طرح آپ کی مرضی ہو ـــ میں تیار ہوں خدا بہتر کرے"

(۴)

ہماری دیہاتی زندگی شروع ہوگئی ــــــ

گرمیاں بڑی اچھی گزریں۔ وہ دن بھر باغ میں محنت کرتے۔ میں بچوں کی دیکھ بھال کرتی۔ دونوں خوشی کے ساتھ روکھی پھیکی روٹی کھا کر خدا کا شکر کرتے اور بے فکر ہو کر پڑ جاتے۔ اب کسی بات کا غم نہ تھا۔

بچے بھی خوش تھے۔ رشید دن بھر بہن کا ہاتھ پکڑے بڑے بڑے سایہ دار درختوں کی چھاؤں میں مرغیوں اور بکریوں کے بچوں کے ساتھ کھیلتا پھرتا تھا۔

خدا کی مہربانی سے سب کی تندرستی بھی اچھی ہورہی تھی اور خاص کر رشید کی صحت تو ماشاءاللہ دن بدن بہتر ہوتی جاتی تھی اور صحت کے ساتھ اس کی سمجھ بھی دن دونی اور رات چوگنی ترقی کر رہی تھی۔ وہ ہر وقت بہن کی خاطر داری باپ کی خدمت۔ میری اطاعت میں لگا رہتا تھا۔ میں اس کی یہ تندرستی اور فرمانبرداری دیکھ دیکھ کر پھولی نہ سماتی تھی مگر صغرا ــــــ پیاری صغرا۔ کیسی معصوم۔ کتنی معذور اور دیکھ بھال کی محتاج ــــــ آہ جب اس کی کٹوراسی آنکھیں گئی تھیں تو میں نے یہ عہد کیا تھا کہ چاہے مجھے کتنی تکلیفیں اٹھانی پڑیں مگر میں اس کو کبھی ــــــ کسی طرح کی تکلیف نہ ہونے دوں گی۔

اس وقت سے اب تک ہر طرح اس کے دل کو ہاتھ میں لینے کی مقدور بھر کوشش کرتی۔ اس مفلسی اور پریشانی کے زمانے میں بھی جس طرح بن پڑتا۔ اس کی بھاتی چیزیں پکاتی۔ اس کو گڑیاں منگا کر دیتی۔ اس کو کہانیاں سناتی۔ غرض ہر طرح اس کی دنیا کے اندھیرے کو دور کرنے کی کوشش کرتی۔

(۵)

ہمیں دیہاتی زندگی گزارتے ہوئے خاصا ڈیڑھ سال ہو گیا۔ اور اب خدا نے ہماری محنت کا صلہ اور صبر کا اجر دینا شروع کیا۔ باغ میں اتنی پیداوار ہونے لگی کہ آٹھویں دن کی ترکاری جمع کر کے وہ شہر لیجاتے اور پانچ چھ روپے میں بیچ آتے لیکن ان کے شہر آنے جانے میں دو تین روز لگ جاتے اور یہ دو تین روز جس مشکل سے کٹتے میرا دل ہی جانتا ہے۔

بچوں سے پریشانی چھپانے کے لئے بظاہر بشاش رہا کرتی تھی لیکن اندر سے میرا کلیجہ مارے ڈر کے بیٹھا جاتا تھا اور بعض وقت تو پتوں کی سرسراہٹ یا پرندوں کی پھڑپھڑاہٹ سے میرا سارا بدن تھرا جاتا تھا۔ رات کے وقت تو حد سے زیادہ ڈر لگتا تھا۔ خدا جھوٹ نہ بلوائے ساری رات میں شاید گھنٹہ دو گھنٹہ آنکھ لگ جاتی ہو مگر کبھی ان سے اپنے اس ڈر اور پریشانی کا حال بیان نہیں کرتی تھی محض اس خیال سے کہ وہ سن کر پریشان ہوں گے۔ لیکن میری کوشش کے باوجود یہ چیز ان سے نہ چھپ سکی ہوا یہ کہ ایک دن وہ شہر گئے ہوئے تھے کوئی تین چار بجے کا وقت تھا میں بارہ دری کے آگے چارپائی پر بیٹھی ہوئی تھی بچے بکری کے بچوں کے ساتھ کھیل رہے تھے صغرا نے پانی مانگا۔ میں ڈول لے کر کوئیں کی طرف چلی۔ اب دس بارہ قدم آگے بڑھی ہوں گی کہ سامنے جھاڑیوں میں ایک چیتا نظر پڑا۔ چیتے کو دیکھتے ہی میرے ہوش حواس جاتے رہے۔ ڈول وہیں پھینک، گرتی پڑتی بچوں کی طرف بھاگی اور جلدی سے بچوں کو اٹھا کر کوٹھری میں گھس گئی اور کواڑ بند کر لئے۔

ادھر میں نے کواڑ بند کئے اور ادھر بکری کے بچے کی چیخ نکلی۔ کواڑ کی جھریوں میں سے جھانک کر دیکھا تو ایک بکری کا بچہ پھٹا ہوا پڑا تھا اور دوسرے بچے کے پیچھے چیتا لپک رہا تھا

صغرا بچی کو تو کچھ معلوم ہی نہیں تھا مگر رشید کی بکری کے بچوں کا یہ حال دیکھ کر رونے لگا میں نے بہلا پھسلا کر اس کا دھیان کسی طرف لگا دیا۔

شام ہوئی، رات ہوئی اور ساری آنکھوں میں کٹ گئی خدا خدا کر کے صبح ہوئی اور میں نے شکرانے کے نفل پڑھے۔ دس گیارہ بجے وہ آ گئے رشید نے سارا ماجرا سنا دیا وہ کہنے لگے کہ اب میں تمہیں چھوڑ کر اکیلا نہیں جاؤں گا۔ چاہے ترکاری بکے یا نہ بکے۔ دال سے نہیں کھائیں گے چٹنی سے کھا لیں گے۔

پانچ چھ روز ہو گئے ترکاری خاصی جمع ہو گئی میں نے کہا جاؤ شہر چلے جاؤ اور اس کو بیچ آؤ مگر وہ راضی نہ ہوئے۔ میں نے بہتیرا سمجھایا مگر وہ کہنے لگے کہ میں شہر نہیں جاؤں گا۔ جو پیسے گاؤں سے مل جائیں گے اسی پر گزارہ کر لیں گے۔

دو تین ہفتہ انہوں نے ایسا ہی کیا مگر گاؤں میں کیا ملے پڑتا تھا۔ دس بارہ روپے کے مال کے دو روپے ملتے تھے۔ میں نے آہستہ آہستہ ان کو پھر شہر جانے کے لئے آمادہ کرنا شروع کیا اور کچھ دن بعد ان کو آمادہ کر ہی لیا۔

کیونکہ میں جانتی ہوں کہ "مرد میں کام کرنے کا جذبہ پیدا کرنا عورت کا فرض ہے میں سوچتی تھی کہ اگر میں نے ان کے جذبۂ عمل کو بیدار نہ کیا تو میں بیوی کے ایک فرض کی ادائیگی میں کوتاہی کروں گی اور اس کوتاہی کا جواب رب العزت کے سامنے میں کچھ نہ دے سکوں گی۔

(۶)

ان کو شہر ترکاری بیچنے جاتے ہوئے دو مہینے کا عرصہ ہو گیا۔ اور کوئی نئی بات ظہور میں نہیں آئی۔

مگر اب کی مرتبہ آپ ہی آپ پھر کہنے لگے کہ میں شہر نہیں جاؤں گا میں نے پوچھا کیوں؟ کہنے لگے یونہی۔

جب میں نے زیادہ اصرار کیا تو کہنے لگے میری طبیعت نہیں چاہ رہی۔ دل کہتا ہے کہ میرے جانے کے بعد کوئی آفت آنے والی ہے میں نے کہا نہیں یہ تمہارا وہم ہے اور اب تو ہمیں بالکل ڈر نہیں لگتا۔ میں نے ان کو یقین دلانے کے لئے رشید کو مخاطب کرتے ہوئے کہا رشید چاند اب تو ہمیں ڈر نہیں لگتا نا ——؟

اس نے کہا نہیں اماں اب تو ہمیں ڈر نہیں لگتا۔ غرض ان کو کہہ سن کر جانے کے لئے آمادہ کرلیا۔

جاتے ہوئے کہنے لگے۔ طبیعت تو میری نہیں چاہ رہی مگر تمہارے کہنے سے جا رہا ہوں۔ اچھا ذرا ہوشیاری سے رہنا۔ کوٹھی کے کواڑ بند رکھنا اور بچوں کو اِدھر اُدھر نہ جانے دینا خدا حافظ۔

ان کے جانے کے بعد حسبِ معمول اپنے کام میں لگ گئی۔ دوپہر ہوئی بچوں کو روٹی کھلائی خود کھائی۔ پھر تھوڑی دیر کے بعد سب کو لٹا دیا اور آپ بھی ٹانگیں سیدھی کرنے کو لیٹ گئی۔

پھر اُٹھی جھاڑ دبہار ہو کی شام ہوگئی۔ بارہ دری کے باہر چارپائی ڈال کر بیٹھ گئی۔ بچے سامنے کھیلنے لگے تھوڑی دیر بعد پورب کی طرف سے ایک ہلکی سی گھٹا اُٹھی اور آہستہ آہستہ اودے اودے بادلوں نے سارے آسمان کو گھیر لیا۔

طبیعت کو بڑی خوشی ہوئی۔ کیونکہ آدھا ساون گزر چکا ہے اور اب تک ایک چھینٹا بھی نہیں ہوا تھا۔ ہر طرف بارش کی مانگ تھی باغبانی اور کھیتی کیاری

کرنے والے گودیاں پھیلا پھیلا کر بارش کی دعائیں مانگ رہے تھے۔

ذرا سی دیر میں ہلکی ہلکی پھوار پڑنے لگی۔ شام کا ٹھنڈا وقت تھا، پوربی ہوا برسات کی پہلی جھڑی کلیوں کا نکھرنا، پھولوں کا جھومنا، درختوں کا نہانا، آم کی ڈالی پر پپیہے کا "پی کہاں" "پی کہاں" کا شور مچانا۔ دل کے مچلنے کیلئے کافی سے زائد تھا۔ جوں جوں یہ لطف کا سماں جوبن پہ آتا جاتا تھا۔ خبر نہیں کیوں میرا دل تروتازہ ہونے کے بجائے کملایا جاتا تھا۔

اب بارش ذرا تیز ہو گئی۔ میں بچوں کو اندر لے گئی۔ کھانے کا وقت آ گیا سب نے کھایا اور پھر بچھونے کر کے بچوں کو بھی لٹا دیا اور خود بھی لیٹ گئی۔ مگر گھڑی گھڑی کھڑکی سے دیکھتی کہ بارش کم ہوئی یا نہیں۔ رات کے دو بجے ہوں گے کہ نسغرا کے چلانے سے میری آنکھ کھل گئی۔ دیکھتی ہوں تو وہ غریب ساری چوڑا ہو رہی تھی۔ اس کی کھٹولی پر چھت میں سے پانی ٹپک رہا تھا۔

میں نے اٹھ کر کھٹولی پرے کی۔ بچھونا بدلا۔ اس کو کپڑے بدلوا کے پھر سلا دیا اور آپ بھی لیٹ گئی۔ بہتیری کروٹیں بدلیں مگر آنکھ نہ لگتی تھی اسی طرح کروٹیں بدلتے بدلتے صبح ہو گئی۔ بارش خوب تیزی کے ساتھ پڑ رہی تھی۔ اور اب ہماری چھت بھی بہت سی جگہ سے برسنے لگی تھی۔ جہاں سے ٹپکنا شروع ہوتا وہیں اگالدان، کٹورے، یا دیگ، پتیلیاں رکھتے جاتے تھے پہلے پہلے تو رشید نے اس کو خاصا کھیل سمجھا۔ جہاں جہاں ٹپکا لگا اور وہ برتن رکھنے کیلئے بھاگا مگر کب تک تھوڑی دیر میں گھبرا گیا۔

رشید کا اتنا سا چہرہ نکل آیا۔ میں نے بہلانے کے لئے ادھر ادھر کی

باتیں شروع کیں اور کہا رشید اب تو تم کو بھوک لگ رہی ہو گی۔ تمہارے لئے میں مٹھریاں تل دوں۔

مٹھریوں کے نام سے رشید کے چہرے پر گھبراہٹ کچھ کم ہوئی اور صغرا خوش ہو کر تالیاں بجانے لگی۔

میں ایک بوری کا ٹکڑا سر پر ڈال کر بوندیوں سے بچتی ہوئی باورچی خانے میں آئی۔ صغرا اور رشید بھی میرے پیچھے پیچھے باورچی خانے میں آگئے۔ میں نے تھوڑا سا آٹا نکال کر گوندا اور خوب سخت کر کے رکھ دیا۔

آگ جلانے کے لئے ایندھن چولہے میں رکھا اور دیا سلائی جلا کر آگ جلانے کی بہت کوشش کی مگر آگ کسی طرح نہ جلتی تھی۔ ایندھن سب سیل گیا تھا خدا خدا کر کے گھنٹوں میں آگ سلگنی شروع ہوئی۔ میں نے بچوں کو بہلانے کے لئے اُن سے ٹکیاں بنوانی شروع کیں اور آگ جلاتی رہی۔ جب آگ سُلگ گئی تو ذرا سا تیل کڑھائی میں ڈال کر ٹکیاں تلنی شروع کیں۔ تلتی جاتی تھی، اور بچوں کو کھلاتی تھی۔ خود بھی دو چار ٹکیاں کھائیں۔ اس کھیل میں گیارہ بج گئے۔

بارش ذرا ہلکی پڑ گئی مگر باورچی خانے سے باہر نکل کر باغ کی طرف جو نظر پڑتی ہے تو کیا دیکھتی ہوں کہ باغ میں چاروں طرف پانی ہی پانی ہے۔ پانی کو دیکھ کر میرا کلیجہ دھک سے رہ گیا مگر اپنی پریشانی چھپانے کے لئے میں زبردستی مُسکراتی ہوئی بچوں کو کمرے میں لے آئی۔ تھوڑی دیر کھلونوں سے وہ کھیلتے رہے۔ پھر میں نے کہا۔ ذرا تم سو جاؤ رات کو اچھی طرح نیند نہیں بھری۔ کہہ سُن کر بچوں کو لٹا دیا اور خود ٹانگیں سیدھی کرنے کے لئے لیٹ گئی۔

تھوڑی دیر لیٹی ہوں گی کہ میری آنکھ جھپک گئی۔ خبر نہیں کتنی دیر سوئی ہوں گی کہ پانی کے ریلوں کے شور سے میری آنکھ کھل گئی۔

اب جو کھڑکی سے باہر دیکھتی ہوں تو باغ میں اچھا خاصا دریا بہہ رہا ہے اور پانی کی لہریں دروازے سے ٹکرا ٹکرا کر دروازے کو توڑے دیتی ہیں۔ طبیعت سخت پریشان ہوئی کہ اب کیا کروں۔ دل چاہتا تھا کہ کسی طرح بچوں کو لے کر یہاں سے نکل جاؤں؟ مگر اب پانی سے نکلوں تو کس طرح نکلوں یہ سمجھ میں نہیں آتا تھا۔

اسی اُدھیڑ بُن میں تھی کہ یکا یک پانی کے ایک زوردار ریلے سے کواڑ کے دو بھگ گئے اور بے طرح پانی کمرے میں گھسنا شروع ہو گیا۔ اب میری پریشانی چھپائے سے نہیں چھپتی تھی۔

رشید نے میری پریشانی سے موقع کی نزاکت کو بھانپ لیا۔ اور اس کا پھول سا چہرہ پھیر لمحلا گیا۔ میں نے بہت کوشش کی کہ میں مسکرا کر اس کو تسلی دوں مگر میری ساری کوششیں بے کار گئیں اور وہ روانکھا سا ہو گیا۔ میری آنکھوں میں بھی آنسو ڈبڈبا آئے۔ میں خدا سے دعا کرنے لگی کہ کسی طرح وہ واپس آجائیں اور ہم سب کو اس مصیبت سے بچا لیں۔

پانی برابر بڑھتا جاتا تھا اور اس تیزی کے ساتھ بڑھتا جاتا تھا کہ سمجھ میں نہیں آتا تھا کہ یہ کیا ہو گیا ہے۔ بعد میں پتہ چلا کہ دریا کا ایک بند ٹوٹ گیا تھا اور پانی کا سارا بہاؤ ہمارے باغ کی طرف ہو گیا تھا۔ میں اِدھر سے اُدھر ٹہل رہی تھی مگر سمجھ میں نہیں آتا تھا کہ کیا کیا جائے۔

پھر بہت دیر تک میں کھڑکی کے پاس کھڑی ہوئی سوچتی رہی کہ کیا کرنا

چاہیئے۔ مگر میرے دل میں خوف نے اتنا گھر کر لیا کہ میرے دماغ نے کام کرنے سے انکار کر دیا اور میری سمجھ میں کچھ نہیں آیا۔ کبھی یہ دل میں آتا تھا کہ پانی سے کود کر جس طرح ہو باہر نکل جاؤں۔ پھر کہتی تھی بچوں کو کس طرح لے جاؤں کبھی یہ خیال آتا تھا کہ کوئی نہ کوئی مدد کو پہنچ ہی جائے گا۔

اسی سوچ بچار میں پانی اور اونچا ہو گیا اور کمرے میں بھی اتنا بھر آیا۔ کہ بچوں کو نقصان پہنچنے کا خطرہ محسوس ہونے لگا۔ آخر میں نے رشید سے کہا کہ چاند چلو اوپر چھت پر چل کر بیٹھ جائیں اور آوازیں دیں شاید کوئی ہمیں بچانے آجائے میں نے صغرا کو گود میں لیا اور آہستہ آہستہ کاٹھ کے زینے پر سے چڑھ کر چھت پر پہنچ گئی۔ رشید بھی میرا پلہ پکڑے پکڑے چھت پر چڑھ آیا۔ یہ غنیمت تھا کہ اب بارش رک گئی تھی۔

چھت پر چڑھ کر میں نے اور رشید دونوں نے چیخنا شروع کیا۔ ہمارے چیخنے سے صغرا معصوم و معذور صغرا بھی گھبرائی اور رونے لگی۔ میں نے صغرا کو کلیجہ سے لگا لیا اور تسلی دے کر کہا "چاند ابھی تمہارے باپ آتے ہوں گے گھبراؤ نہیں ——"

چھت پر چڑھنے سے دور دور تک پانی ہی پانی نظر آتا تھا۔ دور دور تک پانی دیکھنے سے اور بھی کلیجہ دہل گیا۔

میں اور رشید بڑی دیر تک بے تحاشا مدد کے لئے چلاتے رہے۔ یہاں تک کہ ہماری آوازوں نے جواب دے دیا۔ مگر کسی تک ہماری آواز نہ پہنچ سکی۔

آخر رشید نے کہا اماں ایک بڑا سارا بانس لے کر اس پر سفید کپڑا باندھ کر ہلائیں شاید دور سے دیکھ کر کوئی ہماری مدد کو آجائے۔ میں نیچے گئی۔ کپڑا لیا بانس

یں باندھا اور چھت پر لا کر بڑی دیر تک ہوا میں ہلاتی رہی مگر بے کار۔ پانی اور بڑھتا گیا۔ یہاں تک کہ اس کے ریلے ہماری چھت کے قریب پہنچنے لگے۔ اب میرے صبر کا پیمانہ لبریز ہو چکا تھا۔ میں بدحواس ہو کر لرز رہی تھی۔ اور بے تحاشا رو رہی تھی۔ لیکن رونے سے کیا ہوتا ہے؟

ہمارے باغ کی دیوار کے بالکل برابر ہی ایک ناؤ درخت سے بندھی ہوئی ہچکولے کھا رہی تھی۔ لیکن اس تک پہنچنے کی صورت سمجھ میں نہیں آئی تھی۔ پانی اتنا گہرا اور تیز تھا کہ میں تو کیا اگر کوئی اچھا تیراک بھی ہوتا تو اس کی تیزی دیکھ کر جی چھوڑ دیتا۔ اور میں تو شاید کسی طرح گرتی پڑتی ہاتھ پیر مارتی ناؤ تک پہنچ بھی جاتی۔ لیکن بچوں کو کس طرح نکالا جائے۔ یہ سمجھ میں نہ آتا تھا۔ لیکن ایسی حالت میں چھت پر بیٹھے رہنا اور پانی سے نکلنے کی کوشش نہ کرنا بھی تو خودکشی تھا اس لئے میں نے فیصلہ کر لیا کہ نتیجہ چاہے جو کچھ ہو لیکن مجھے اس ناؤ تک پہنچنے کی کوشش کرنی چاہیئے۔ اور اس میں بیٹھ جانا چاہیئے ناؤ کہیں نہ کہیں تو پہنچے گی۔

اب یہ خیال آیا کہ میں اپنے ساتھ بچوں کو بھی لے جاؤں مگر پھر یہ سوچتی تھی کہ جس طرح رشید کے باپ بچوں کو سہارا دے کر پانی میں تیراتے تھے اسی طرح ایک بچے کو تو میں لے جا سکتی ہوں۔ اور بہت ممکن ہے کہ میں کشتی تک پہنچ جاؤں اور ایک بچہ یقینی موت سے محفوظ ہو جائے۔ لیکن دونوں کو ساتھ لے جانا تو کسی طرح ممکن نہ تھا۔

اب میرے سامنے سب سے بڑا سوال یہ تھا کہ کس بچے کو اپنے ساتھ لے جاؤں اور کس کو یہاں چھوڑ دوں کس کو موت کے پنجے سے بچانے کی کوشش کروں

اور کس کو موت کے مونہہ میں دے دوں ــــــ ؟

رشید ماشاء اللہ تندرست خوب صورت اور امیدوں کا سہارا تھا صغرا معصوم معذور اور مجبور تھی۔ کیا رشید جیسے بے مثل فرماں بردار اور مایۂ ناز بچہ کو موت کے مونہہ میں چھوڑ کر ایک معصوم معذور اندھی لڑکی کو بھی اپنے ساتھ نکال کرلے جاؤں جس کی زندگی کبھی مسرتوں سے لبریز نہیں ہوسکتی۔ دوسری صورت میں تندرست بچہ کو بچا کر معذور بچہ کو موت کے حوالے کرنے سے کیا وہ پیدا کرنے والا ناراض نہ ہوگا؟ صغرا معذور اور اندھی ہے۔ اس کو کچھ پتہ نہیں کہ موت اپنا مونہہ کھولے ہوئے ہماری طرف کس تیزی کے ساتھ بڑھ رہی ہے۔ لیکن اگر میں اس کو چھوڑ کر چلی گئی تو وہ مجھے پکارے گی۔ وہ اپنے ننھے بازو کھول کر مجھ تک پہنچنے کی کوشش کرے گی ــــــ نہیں میں معذور صغرا کو ہرگز یہاں نہیں چھوڑنے کی۔ پھر میری نظر رشید کی خوب صورت آنکھوں کی طرف جاتی تو ان آنکھوں میں موت کا خوف اور رحم کی پکار اور محبت کی چمک نظر آتی اور میں اپنے دل سے کہتی تھی میں رشید کو بھی ہرگز نہیں چھوڑ سکتی۔

اب میرے لرزتے ہوئے دل نے یہ طے کر لیا کہ سب سے بہتر یہ ہے کہ ہم تینوں ایک ساتھ مر جائیں۔ کم سے کم یہ تو ہوگا کہ مرتے وقت دونوں کا ایک ایک ہاتھ میرے ہاتھ میں ہوگا۔

میں نے دونوں کا ایک ایک ہاتھ پکڑ کر آنکھیں میچ لیں ــــــ یکایک ان کی صورت میرے سامنے آگئی۔

آہ وہ مجھ سے کہہ رہے تھے کہ اگر تم نے یہاں سے نکلنے کی کوشش نہ کی

اور سب نے اپنی جان دے دی تو میری زندگی تباہ ہوجائے گی۔ میں برباد ہوجاؤں گا۔ میں کسی گھر کا نہ رہوں گا۔

اس تصوّر نے میرے دل میں تقویت دی اور میں نے فیصلہ کرلیا کہ ایک بچے کو لے کر اس کشتی تک پہنچنے کی کوشش کرنا ہر حالت میں بہتر ہے پھر کیا میں رشید کو چھوڑ جاؤں ــــــ؟

رشید کا پھول سا چہرہ میرے دھڑکتے ہوئے دل کے قریب تھا میرا دل خون ہو کر گلنے لگا۔ رشید میرے جگر کا ٹکڑا۔ میرے دل کی ٹھنڈک میری اُمیدوں کا سہارا۔ میرے ارمانوں کا آسرا، میرا پہلونٹی کا بیٹا۔

صغرا، معصوم، معذور، غریب، لاچار اور رحم کے قابل میری سمجھ میں بالکل نہ آتا تھا کہ کس کو یہاں چھوڑوں اور کس کو اپنے ساتھ لے جاؤں؟ میرے موہنہ سے بے اختیار زور سے نکلا۔"اے مولا میری مدد کر میرے دل میں ڈال دے کہ کس بچے کو اپنے ساتھ لے جاؤں اور کس کو یہاں چھوڑ دوں ــــ"

رشید نے میری اس دُعا کو سُن لیا۔ اس کی آنکھوں میں خوف کی سیاہی بڑھ گئی۔ مگر میں نے اپنے آپ کو سنبھالتے ہوئے کہا "اماں تم صغرا کو اپنے ساتھ لے جاؤ۔ میں یہاں کھڑا ہوا تمہاری واپسی کا انتظار کروں گا۔ پھر آ کر تم مجھے لے جانا۔ میں ڈروں گا نہیں۔ میں روئے کا نہیں۔"

پھر یکایک خدا نے مجھے تقویت دی اور میں صغریٰ کا پیچھے سے کرتا پکڑ کے پانی میں اُتر گئی اور الٹے سیدھے ہاتھ پیر مارنے لگی۔ پانی کے ریلے میرا موہنہ پھیر دیتے تھے۔ درختوں کی شاخیں اور ٹہنیاں مجھے روک دیتے تھے۔ کانٹوں اور

جھاڑیوں سے میرے ہاتھ پیر زخمی ہوئے جاتے تھے۔ مگر کوئی نامعلوم طاقت مجھے برابر آگے بڑھائے دیتی تھی۔ مجھے بالکل معلوم نہیں کہ میں کس طرح ناؤ تک پہنچی۔ مگر یہ یاد ہے کہ جس وقت میں کشتی کے قریب پہنچی ہوں تو مجھ میں اتنی ہمت نہ تھی کہ میں صغرا کو اٹھا کر ناؤ میں بٹھا دوں یا میں خود بیٹھ جاؤں۔ آخر کار میں نے ایک دیوانہ وار کوشش کی اور ناؤ سے چمٹ گئی اور صغرا کو بھی اس میں ڈال لیا اور ناؤ کا رُخ اندھا دھند گھر کی طرف پھیر لیا۔ گھر کے قریب پہنچ کر چھت پر رشید نظر نہ آیا اس وقت میرے دل کی حالت نہ قابلِ بیان تھی میں بے تحاشا رشید کو چلا رہی تھی۔ مگر رشید کی زندگی بخش آواز میرے کانوں تک نہ آتی تھی۔

آخر میں نے مایوس ہو کر ناؤ کو دھارے پر ڈال دیا اور خدا سے موت مانگنے لگی مگر ایسے وقت موت کہاں آنی تھی ——!

موت کے بجائے ایک ناؤ آتی ہوئی نظر آئی اس میں دو آدمی تھے وہ ہمیں پرانے کمبلوں میں لپیٹ کر پانی سے باہر خشکی میں لے آئے۔ مجھ میں بات کرنے تک کی ہمت نہ تھی۔ انہوں نے بھی مجھ سے کچھ نہ پوچھا اور ہم دونوں کو اٹھا کر ایک جھونپڑی میں لٹا دیا۔ جھونپڑی میں لیٹتے ہی بالکل بے ہوش ہو گئی خبر نہیں کتنی دیر بعد مجھے ہوش آیا اور میری آنکھ کھلی تو میں نے دیکھا کہ صغرا مجھ سے لپٹی ہوئی لیٹی ہوئی ہے۔ مجھے رشید کی صورت یاد آتے ہی سارا واقعہ یاد آنے لگا۔ اور بے تحاشا چلانے لگی۔ میری آواز سن کر ایک عورت جھونپڑی میں آئی اور کہنے لگی "بہن کچھ کھا پی لو۔" میں نے کہا میں تو کچھ کھانے پینے کی نہیں مگر میری بچی کے لئے تھوڑا سا دودھ ہو تو دے دو۔ وہ الٹے پیروں تھوڑا سا دودھ

اور باسی روٹی کا ایک ٹکڑا لے کر آئی ۔ صغرا کو اٹھا کر میں نے دے دیا۔ وہ عورت میرے بھی سر ہونے لگی کہ تم بھی تھوڑا سا کچھ کھا لو۔ پی لو اور کسی بات کا فکر نہ کرو میرا میاں تمہارے بچے کو ڈھونڈنے کے لئے ناؤ لے کر گیا ہے ۔ تم غفلت میں رشید رشید چلا رہی تھیں ۔ اس سے انہوں نے سمجھ لیا تھا کہ تمہارا بچہ رہ گیا ہے وہ ابھی آتے ہی ہوں گے ۔ پھر وہ پوچھنے لگی " تمہارے میاں کہاں ہیں "۔ میں نے کہا وہ تو سیلاب آنے سے پہلے کے شہر گئے ہوئے تھے ۔ اگر وہ ہوتے تو ہمیں یہ مصیبتیں کیوں اٹھانی پڑتیں ۔ تھوڑی دیر بعد اس عورت کا میاں آگیا کہنے لگا مجھے بہت ہی رنج ہے کہ ابھی تک تمہارا بچہ نہیں ملا مگر تم فکر نہ کرو۔ میں ابھی پھر اسے دیکھنے جاتا ہوں ۔

میں نے گڑگڑا کر اس سے استدعا کی کہ وہ ابھی ناؤ لے کر رشید کو ڈھونڈنے جائیں اور مجھے بھی ساتھ لے چلیں وہ کہنے لگے ۔ تمہارا جانا ٹھیک نہیں ہے ۔ ابھی پانی بہت خطرناک ہے مگر میں ساتھ جانے پر برابر اصرار کرتی رہی آخر وہ خاموش ہو گیا اور ہم ناؤ پر سوار ہو کر ڈھونڈنے چلے ۔ جب ناؤ ہمارے گھر کے قریب پہنچی تو میں نے دیکھا کہ چھت پر کسی کا نشان تک نہیں ہے ۔ میں نے کہا اب دیکھنا ہے کیا ہے ۔ میرے دل کا ٹکڑا لو دریا کی تہہ میں پہنچ چکا ہے ۔ یا کسی درخت میں اٹک کر رہ گیا ہے ۔ میں یہ کہہ رہی تھی کہ اس نے کہا مجھے اس درخت پر کوئی سفید کپڑا نظر آرہا ہے ۔ یہ تو میں نہیں کہہ سکتا کہ یہ کوئی بچہ ہے یا بڑا آدمی ہے مگر ہے کوئی ضرور ۔

بڑی جدوجہد کے بعد ہماری ناؤ اس درخت کے قریب پہنچ گئی ۔ وہ

کہنے لگا یہ بچہ نہیں ہے ۔ میں اس کو نیچے نہیں اُتار سکتا۔ تم میری مدد کرو۔ جونہی میں نے اوپر نگاہ کی میری نظر رشید کے باپ کے چہرے پر پڑی اور میرے موہنہ سے بے اختیار نکلا میرے میاں "

رنج اور خوشی کے ملے جلے تاثرات سے میرے دل کی حرکت رُک گئی ۔ وہ اچھل کر درخت پر چڑھ گیا۔ پھر یکایک چلا کر کہنے لگا ۔ اُن کی گود میں بچہ بھی ہے اور دونوں زندہ ہیں " یہ سن کر میں اپنے آپے میں نہیں رہی۔ اور خبر نہیں کہاں پہنچ گئی۔

وہ آدمی ہم تینوں کو اپنی جھونپڑی میں لے آیا۔ وہ تو خیر سے بالکل اچھے تھے ۔لیکن رشید کو ٹھنڈ لگ گئی اور ڈبل نمونیہ ہو گیا۔لیکن خدا نے ہمارے پر کرم کیا۔ اور وہ بہت جلد تندرست ہو گیا ۔ اور اب ہم پھر مسرت اور خوشی کی زندگی گزار رہے ہیں ———

☆☆☆

عورت کا دل

اللہ میاں کی مہربانی سے ہمارے ہاں کسی چیز کی کمی نہ تھی۔ مال، دولت مکانات، جائدادیں، گھوڑے، گاڑیاں، نوکر چاکر سب ہی کچھ تھے اور چونکہ میں چار بھائیوں کے بعد بڑی منتوں، مرادوں سے پیدا ہوئی تھی۔ اس لئے ہاتھوں چھاؤں اور اللہ آمین میں پلی اور گھر بھر کی آنکھ کا تارا بنی۔

بچپن میں مجھے اپنے رنگ روپ اور ناک نقشہ پر بڑا ناز تھا۔ اماں کے کمرے میں ایک قدِ آدم آئینہ رکھا ہوا تھا جس وقت اماں کمرہ میں موجود نہ ہوتیں تو میں آئینے کے سامنے جا کر کھڑی ہو جاتی اور پہروں اپنے حسن کا تماشا کیا کرتی تھی۔ کبھی اپنی گردن پیچھے کو جھکا دیتی اور میرے لمبے لمبے بال زمین پر لہرا جاتے، انہیں دیکھ کر میں خوش ہوتی پھر اپنے بالوں کو طرح طرح سے سنوار کر دیکھتی کہ کونسا فیشن میرے مونہہ پر زیادہ پھبتا ہے اور بعض دفعہ ایسا بھی ہوا کرتا تھا کہ میں اپنے گداز مرمریں بازو کو کنول کی شاخ کی طرح بل دے کر صبح کی چاندنی میں اس کا لطف لیا کرتی تھی بچپنے ہی سے مجھے ہلکا گلابی اور کاسنی رنگ زیادہ بھاتا تھا اور سچ پوچھو تو یہی دو رنگ میرے مونہہ پر زیادہ کھلتے تھے اور میرے چہرے کی چمک دمک کو دوبالا کر دیا کرتے تھے۔

اس وقت میرے دادا خدا اُن کو کروٹ کروٹ جنت نصیب کرے زندہ تھے وہ میرے اترانے کے مزے لیا کرتے تھے اور اکثر چھیڑنے کے لئے کہا کرتے تھے کہ تم چاہے جتنی بنو سنورو مگر تم خوب صورت تو ہو نہیں۔

ہمارے خاندان میں لڑکیوں کی بچپن ہی میں شادی کر دینے کا رواج تھا اور میری دونوں بھاوجیں بھی نادان ہی بیاہی ہوئی آئی تھیں لیکن میرے معاملے میں یہ پرانا رواج دبا گیا تھا۔ اس کی وجہ یہ تھی کہ میں سارے خاندان میں ایک ہی بیٹی تھی۔ سب ہی مجھے چاہتے تھے۔ خاص کر اماں تو میرے بغیر ایک منٹ چین سے نہ رہ سکتی تھیں۔ وہ کہتی تھیں کہ جب یہ خوب سیانی ہو جائے گی تب اس کی شادی کریں گے بس یہ سمجھ لیجئے کہ میں بغیر شادی کے خیال کے کنارے کی طرح بڑھتی چلی جا رہی تھی یہاں تک کہ پندرھویں میں لگ گئی تب میری نانی کورٹ گی اور انہوں نے کہنا شروع کیا لونڈیا کی شادی کی فکر کرو۔ یہی وقت ہے۔ پھر کونسا وقت آئے گا مگر ان کی بات کی بھلا کون پرواہ کرتا تھا۔ اس کان سُنی اُس کان اُڑا دی۔ بھائی تحمل کی شادی ہونے والی تھی اور دادا کہتے تھے کہ یہ آخری کار ہے۔ یہ تو دل کھول کے کر جاؤں یہ آخری بہار تو دیکھ لوں پھر یا قسمت یا نصیب کون جیتا ہے اور کون دیکھتا ہے۔

جس لڑکی سے بھائی کی نسبت ہو رہی تھی وہ ایک غریب گھر کی لڑکی تھی مگر سُنا تھا کہ بے بہت حسین۔ آخر جب لڑکی کو رسمی طور پر دیکھ لیا اور پسند کر لیا گیا تو دادا ہنستے ہوئے کہنے لگے۔ بیٹا قمر تم اپنے آگے کسی کو خاطر میں نہ لاتی تھیں اور یہ سمجھتی تھیں کہ مجھ سے زیادہ کوئی خوب صورت ہے نہیں۔ اب دیکھنا ہمارے تحمل کی دلہن اتنی خوبصورت آئے گی کہ تم شرما جاؤ گی۔ دادا کی اس چھیڑ پر میں ہنس تو دی مگر خبر نہیں کیوں میرے دل میں ایک بے چینی سی پیدا ہو گئی۔ ایک کرید سی لگ گئی اور بار بار یہی خیال آتا تھا کیا واقعی وہ ایسی خوب صورت ہے۔

یہ شادی بذاتِ خود بہت سادی تقریب تھی کیونکہ لڑکی کا باپ غریب آدمی تھا

لیکن دلہن کے استقبال کے لئے ہمارے یہاں جو اہتمامات ہو رہے تھے انہوں نے شادی میں ایک شان پیدا کر دی تھی ۔ ولیمے کی دعوت کے لئے دریا کے کنارے ایک عالی شان باغ منتخب کیا گیا تھا ۔ اب وداع کا دن آگیا۔ ہمارے گھر میں بیاہ والے گھر کی پوری بہار تھی ۔ ڈومنیاں گا رہی تھیں ۔ بچے غل مچا رہے تھے ۔ لونڈیاں چیخ رہی تھیں ۔ غرض کان پڑی آواز نہ سنائی دیتی تھی ۔

اماں اور بھابیاں رسومات کی ادائیگی کے لئے جلدی جلدی سب چیزیں ٹھیک ٹھاک کر رہی تھیں سارے گھر والے ایک ٹانگ سے پھر رہے تھے کسی کو آنکھ اُٹھانے کی بھی فرصت نہ تھی لیکن اگر تم کو معلوم ہو کہ میں اس وقت کیا کر رہی تھی تو تم ہنسو گے ! اس وقت میں اپنے کمرے میں تھی اور میرے تمام ریشمی جوڑے فرش پر پھیلے ہوئے تھے اور میں ایک ایک کو باری باری پہن کر دیکھ رہی تھی کہ کونسا زیادہ کھلتا ہے ۔ آخر کار بڑی دیر کے بعد ایک جوڑے پر میرا دل ٹھک گیا ۔ اس کا رنگ موسم بہار کے آسمان کے رنگ کا تھا ۔ میں نے اپنے آپ کو گہنے پاتے سے بھی زیادہ لدھ پدھ نہیں کیا تھا ۔ صرف گلے میں نکلس اور ہاتھوں میں موتیوں کے لچھے پہنے تھے کیونکہ میں سمجھتی تھی کہ میرے حسن کو گہنے کی بہت کم ضرورت ہے ۔ جب میں نے اچھی طرح بناؤ سنگار کر لیا تو ایک دفعہ آئینہ میں اپنے آپ کو سر سے پاؤں تک اچھی طرح دیکھا اور جب مجھے اطمینان ہو گیا کہ اب میں کسی سے ہیٹی نہیں رہوں گی تب میں باہر آئی قصہ مختصر دلہن کو وداع کرا لائے دلہن ابھی پالکی ہی میں تھی کہ سب لڑکیاں دلہن کو دیکھنے کے لئے بھاگیں ۔ میں بھی آگے بڑھی ۔ میری ماں نے پالکی کا پردہ اُٹھایا اور دلہن بھاوجوں کے سہارے سے باہر آئی ۔ میں نے جلدی سے اس کا گھونگھٹ ہٹایا اور دیکھا ۔ دلہن واقعی خوب صورت تھی ۔

میں حیرت کے ساتھ اس کا مونہہ تکنے لگی۔ میری چچی کی بیٹی زہرہ میرے پاس ہی کھڑی تھی اُس کے مونہہ سے ایکدم زور سے نکلا یہ تو میں مانتی ہوں کہ دلہن خوب صورت ہے مگر ہماری قمر کی تو چھینٹ بھی نہیں پڑتی۔ دادا لوکہو شیخیاں بھگار رہے تھے۔ یہ سنتے ہی میں سا چونکی اور اپنے دل میں کہا اگر دلہن کا چہرہ خوب صورت ہے تو کیا ہے۔ میرے رنگ روپ کو کہاں پہنچتی ہے اور میرے بالوں کی برابری کیسے کر سکتی ہے۔ اب میں بھی شادی کی رسوم میں سکونِ دل سے لگ گئی۔ دوسرے دن ولیمے کی دعوت اڑانے کے لئے باغ کو روانہ ہوئے۔ وہاں پہنچ کر سب نے اپنے اپنے سامان ٹھیک کئے اور اپنی اپنی جگہ پر قبضہ جما لیا۔ ایک کمرہ میں نے اور زہرہ نے سنبھیا لیا۔ برابر والا کمرہ دونوں بھاوجوں نے لیا۔ دن بھر کے تھکے ہارے تھے پڑ کر سو رہے دوسرے دن سویرے اندھیرے مونہہ ہی چھوٹی بھاوج نے آ جھنجھوڑا جب میں نے گھبرا کر آنکھیں کھولیں تو انہوں نے کہا۔ تم یہاں سونے کے لئے آئی ہو سامنے دیکھو باغ میں کیسی بہار آ رہی ہے نئے نئے پودے لگے ہوئے ہیں۔ کیاریاں سجی ہوئی ہیں۔ پٹریاں بنی ہوئی ہیں جگہ جگہ سنگ مرمر کی نشستیں لگی ہوئی ہیں۔ بڑے بڑے فوارے چل رہے ہیں۔ اٹھو ہم بھی دیکھنے چلیں۔ زہرہ جو ابھی بچھونے پر بیٹھی ہوئی تھی۔ نیند بھری آنکھیں ملتے ہوئے کہنے لگی کیا ابھی رات ہی میں چلو گی، دن میں نہیں چل سکتیں۔ باغ کہیں بھاگا تو نہیں جا رہا بھاوج نے اسے گھسیٹتے ہوئے کہا بے وقوف دن میں مردے باغ تمہارے لئے خالی چھوڑ دیں گے۔ اگر باغ دیکھنا ہے تو اب ان کے اٹھنے سے پہلے چلی چلو۔

ہم اٹھ کر باہر نکل آئے۔ باغ واقعی اتنا بڑا تھا کہ مجھے ہیبت سی آنے لگی ہر طرف پھولوں کی دولت اُبل رہی تھی۔ اور شبنم کے موتی الگ اپنی بہار رنگ لا رہے تھے جس

وقت ہم درختوں کے درمیان سے گزر رہے تھے تو باغ کی پریاں نہا رہی تھیں اُن کے بھیگے ہوئے بالوں کی چھینٹوں سے ہمارے مونہہ، اوڑھنیاں، برقعے سب بھیگ گئے۔

ہم ابھی زیادہ دور نہ پہنچنے پائے تھے کہ یکایک زہرہ سبز سبز گھاس کے فرش پر حوض فوارہ کے برابر ٹھاٹھ سے پڑی اور کہنے لگی مجھ سے تو آگے جایا نہیں جاتا نہیں تم جاتی ہو تو جاؤ۔ ہم نے بہتیرا سمجھایا مگر وہ نہ مانی اور ہم دونوں آگے بڑھ گئے۔ تھوڑی دور جاکر ایک ٹیلا آیا اس کے برابر ایک خوبصورت تالاب تھا۔ اس میں کنول کے پھول کھل رہے تھے۔ ہم وہیں ٹھہر گئے۔ بھاوج بھی ٹیلے پر پھسکڑا مار کر بیٹھ گئیں۔ اور کہنے لگیں میرا بھی چورا ہو گیا۔ ٹانگیں کٹی جا رہی ہیں۔ مگر دیکھو اس طرف کیسے شاندار کنول ہیں اور میرا خیال ہے کہ سب پھولوں میں کنول سب سے زیادہ خوبصورت ہے میں نے جواب دیا میرے خیال میں تو چنبیلی سب سے اچھی ہے۔ اس میں شک نہیں کہ دیکھنے میں کنول بہت حسین ہے مگر چنبیلی کی خوشبو اسے بہت زیادہ بڑھا دیتی ہے او ہو آج تم نے ایک نئی بات کہہ دی۔ اب تک تو تم ظاہری رنگ روپ کی بڑی حمایتی تھیں مگر اب معلوم ہوا کہ .... انہوں نے اپنا فقرہ پورا نہ کیا اور ایک دم چپ ہو گئیں میں نے تعجب کے ساتھ ان کی صورت دیکھی تو انہوں نے کہا۔ چاند اس کے پیچھے کوئی بیٹھا ہوا ہے ابھی ہماری آوازیں سن کر اٹھا ہے .... کوئی سامنے کھڑا تھا۔ بھاوج نے جھٹ برقعہ اوڑھ لیا۔ میں گھر کی بیٹی تھی اور ابھی بچی ہی گنی جاتی تھی۔ اس لئے پردے کی ایسی عادی نہ تھی جیسی بھاوج اور اگر سچ کہلواؤ تو یہ کہوں گی کہ بہت ہی اچھا ہوا جو اس وقت مجھے پردے کا خیال نہ آیا ورنہ میری زندگی کی وہ "سہاگوان گھڑی" جو پہلی اور آخری مسرت کی گھڑی تھی ضائع ہو جاتی .... پہلے

میں لفظ حسن سے آشنا تھی مگر اس کے معنوں کو صرف اپنے حسن تک محدود سمجھتی تھی مگر اب میں ایک دوسرے حسن کو دیکھ رہی تھی۔ آہ کیا خوب صورت چہرہ تھا۔ میں اپنے آپ کو بھول گئی۔ شاید آپ کو اس کے باور کرنے میں تامل ہو مگر ذرا یہ یاد رہے کہ یہ پہلا موقع تھا کہ میں ایک مرد کو عورت کی نگاہ سے دیکھ رہی تھی۔ اب تک میں جن مردوں کو دیکھا کرتی تھی وہ میرے باپ بھائی چچا اور دوسرے رشتہ دار تھے۔ لیکن اب میں ایک اجنبی نوجوان کو دیکھ رہی تھی اور جب ہی میری نظر اس پر پڑی مجھے یہ محسوس ہوا کہ میرا بچپن مجھ سے ہمیشہ کے لئے رخصت ہو رہا ہے اور شباب کی آمد آمد ہے میں سمجھتی ہوں کہ وہ بھی مجھے دیکھ کر کچھ کم کھویا نہیں گیا مگر یہ تو میں نے بعد میں سوچا وہ تو ایک لمحہ تھا جب ہماری نگاہیں دوچار ہوئی تھیں۔ یکایک بھاوج کے ہاتھ کے غیر محسوس دباؤ نے مجھے چونکا دیا۔ میں نے اپنے کو سنبھالا اور جلدی جلدی وہاں سے چل پڑی۔ وہ بھی صنوبر کے درختوں کی قطاروں میں غائب ہو گئے۔ عین اس وقت جبکہ شرقی آسمان اپنے ارغوانی رنگ سے دن کے دولہا کی آمد آمد کا اعلان کر رہا تھا میرے افقِ شباب پر بھی ایک سورج طلوع ہو رہا تھا اور اس کی جذبات انگیز کرنیں مجھے ایک دوسری دنیا میں لے جا رہی تھیں۔ میں اپنے کمرے میں پہنچتے ہی آئینہ کے سامنے کھڑی ہو گئی موہوم اور دھندلے خیالات میرے دماغ میں چلے آ رہے تھے۔ اچانک میرے پیچھے سے آواز آئی پیاری بہن اس فکر کے ساتھ تم کو اپنے حسن کا جائزہ لینے کی ضرورت نہیں اس کی ستم آرائیاں اس غریب لڑکے کے ہوش و حواس غارت کرنے کے لئے کافی سے زائد ہیں۔ بس یہ سمجھ لو کہ وہ اپنے کمرے میں پہنچتے ہی غش کھا کر گر پڑا ہو گا۔

یہ کہہ کر بھابی نے ایک قہقہہ لگایا اور میں ایک جھٹکے کے ساتھ آئینہ کے سامنے سے

پھری اور سوچنے لگی۔ کیا واقعی میں اسی واسطے آئینہ کے سامنے کھڑی ہوئی تھی جیسا کہ بھابی کا خیال ہے۔ ہاں میں اس سے قطعی انکار تو کر نہیں سکتی.... شادی کی تمام چہل پہل گانا بجانا۔ جو تیں کوئی چیز میری توجہ کو اپنی طرف نہ کھینچ سکی۔ بھاوج اور زہرہ میرا مذاق اڑا رہی تھیں۔ مگر میں مجبور تھی میرے پاس اس کا کوئی علاج نہ تھا میں نے سارے جتن کر ڈالے کہ جس طرح بھی ہو سکے میں اس جنجال سے نکلوں اور پہلے کی طرح ہنسی خوشی زندگی گزاروں۔ مگر کوئی نتیجہ نہ ہوا اور خبر نہیں یہ کیا خاص بات تھی کہ جوں جوں میں اپنی بدلی ہوئی حالت کو چھپانے کی کوشش کرتی تھی یہ اور ظاہر ہوتی جاتی تھی۔

دوسرے دن سب اپنے اپنے ٹھکانے چلے گئے۔ ہم بھی اپنے گھر آ گئے۔ مگر یہ معلوم ہوتا تھا کہ ایک شادی نے دوسری شادی کی ضرورت گھر بھر کے دل نشین کر دی ہے سب میری شادی کی فکر میں لگ گئے۔ شادی کی تیاریاں پورے زور کے ساتھ ہونے لگیں اور کسی موزوں لڑکے کی دیکھ بھال ہونے لگی اور چونکہ میں اپنا دولہا خود پسند کر آئی تھی اس لئے مجھے ان لوگوں کی کوششیں بری معلوم ہو رہی تھیں مگر مجھے اپنے پسند کردہ دولہا کا کوئی حال معلوم نہ تھا کہ وہ کون ہیں اور کہاں رہتے ہیں۔ لیکن کہیں سے میرے کان میں یہ بھنک پڑ گئی تھی کہ ان کا نام "جمیل" ہے۔ اور خبر نہیں میرے دل میں بات کیوں بیٹھ گئی تھی کہ میرا بیاہ انہیں کے ساتھ ہوگا۔ ایک دن شام کے وقت میں اپنے کمرے میں کھڑکی کے پاس بیٹھی ہوئی تھی اور سامنے والے نیم کے درخت کے اوپر مدت سے ایک ستارا چمکتا ہوا دکھائی دے رہا تھا میں اسے دیکھنے میں مشغول تھی کہ اچانک بھابی بھاگی ہوئی آئیں۔ اور ہنستی ہوئی کہنے لگیں۔ میں تمہیں خوشخبری سناؤں تو تم مجھے کیا انعام دو گی.... لو سنو اب تمہیں رات کو تارے گننے کی ضرورت

نہیں رہے گی اور سچ بات تو یہ ہے کہ تم ہو ماشاء اللہ نصیبے کی بڑی دھنی۔ اللہ نے جیسا بھرا پُرا میکا دیا ویسی ہی سسرال بھی دی۔ میں نے شرما کر گردن جھکا لی، وہ ہنستی ہوئی چلی گئیں۔ اس وقت میرے دل میں خوف اور خوشی کی کچھ ایسی مِلی جُلی کیفیت پیدا ہوئی کہ میرا سارا بدن تھرّا گیا۔

دن پر دن گزرتے گئے اور جوں جوں وہ ساعت قریب آتی گئی میرا وہم اور خوف زیادہ ہوتا گیا کہ دیکھئے میں کس کے پلّے بندھتی ہوں۔ مگر جس طرح نور کی پہلی جھلک سے آسمان سے اندھیرا دور ہو جاتا ہے اسی طرح اماں کے چند لفظوں کی بھنک سے میرا تمام وہم اور خوف دور ہو گیا۔ میری ماں کی سہیلی نے اُن سے پوچھا بہن بیٹے والیاں لڑکی کو دیکھ گئیں؟ اماں نے ہنستے ہوئے جواب دیا۔ دیکھنے دکھانے کی ضرورت نہ تھی تجمل کی شادی پر لڑکے نے خود لڑکی کو دیکھ لیا تھا۔ کیا مجھے اِس سے زیادہ اور بتانے کی ضرورت ہے کہ میرے دل سے شک اور خوف کیوں دُور ہو گیا تھا آخر کار وہ دن بھی آ گیا۔ عورت اپنی شادی کا دن کبھی نہیں بھولا کرتی۔ بس یہ سمجھ لو کہ اب بھی جب میں خیال کرتی ہوں تو اس دن کا سارا نقشہ میری آنکھوں میں پھر جاتا ہے۔ صبح سے مجھے مایوں بٹھا دیا گیا۔ میں چھوٹے کمرے میں اپنی دو چار سہیلیوں کے ساتھ چپ چاپ بیٹھی ہوئی تھی۔ بھاوجیں آتیں اور ایک جھانکی لگا کر ہنستی ہوئی چلی جاتیں۔ ہمارا گھر کنبہ والوں اور مہمانوں سے اٹا پڑا تھا خبر نہیں کس دیس سے اماں کی خالہ آئیں۔

اماں ان کو لے کر میرے پاس آئیں اور کہنے لگیں۔ قمر ان کو سلام کرو، یہ میری خالہ ہیں۔ میں نے سلام کیا۔ انہوں نے دعائیں دیں۔ پھر اماں سے کہنے لگیں

دلہن تو واقعی قمر کہلائے جانے کے قابل ہے مگر دولہا کیسا ہے۔ دولہا بھی تو سونا شہزادہ ہوگا نا۔ میں اپنے دل میں خیال کر رہی تھی کہ یہ بوڑھی عورت کیسے جان گئی کہ میرا دولہا ایسا سونا ہے۔ اماں نے جواب دیا خالہ میرا داماد نسیم دیکھت میں تو خاصا ہے۔ مگر میں کہتی ہوں کہ میری بچی نصیبے والی ہے جو اس کو ایسا دولہا مل رہا ہے۔

نسیم دیکھت میں تو خاصا ہے۔ یاالٰہی میں یہ کیا سُن رہی ہوں ۔ ۔ ۔ ؟

میرے پیروں تلے سے زمین نکل گئی چہرہ زرد پڑ گیا۔ اور ہاتھ پیر سرد آنکھوں میں اندھیرا آ گیا اور سارا گھر ناچنے لگا۔ دن کی روشنی دھندلی پڑ گئی۔ خالہ میری یہ حالت دیکھ کر چلا اُٹھیں۔ اماں نے مجھے کلیجے سے لگا لیا اور کہنے لگیں۔ میرے خیال میں نہ کھانے کی کمزوری ہے۔ دیکھو نا صبح سے بچی کے مونہہ میں کھیل کا دانہ اُڑ کر نہیں گیا۔ چاند ذرا اُٹھ اور چل کر تھوڑی دیر پلنگ پر لیٹ جا۔ بیاہ والے گھر کی چیخ پکار میرے دل میں نشتر چبھوئے دیتی تھی۔ میں بہتیرا چاہ رہی تھی کہ میں چلا کر روؤں مگر بجائے رونے کے یہ معلوم ہو رہا تھا جیسے کسی نے میرے دل پر ایک بڑا بوجھل پتھر رکھ دیا ہے۔ یہ تماشا بھی دیکھنے کے قابل تھا بجلیاں چمکیں سب نے دیکھا اور تعریفیں کیں۔ مگر کسی نے یہ نہیں پوچھا کہ آخر بجلی گری کہاں؟

حقیقتاً عورت کا کلیجہ پتھر ہوتا ہے ورنہ جو کچھ میں نے برداشت کیا بتلایئے وہ کیسے برداشت کر سکتی تھی۔ عورت اپنی زندگی میں صبر کے ساتھ جیسے جیسے عذاب برداشت کر لیتی ہے دوزخ میں بھی ان کی نظیر نہیں مل سکتی۔ ابھی سرِ شام ہی تھی کہ بہت ساری لڑکیاں میرے کمرے میں گھس آئیں اور انہوں نے مجھے بچھونے پر سے گھسیٹ لیا۔ ہائے پھر دلہن کو کھاٹے چڑھایا گیا۔ پھر مجھے دلہن بنانے بٹھایا گیا۔

لباس۔ گہنا پاتا جس طرح ان کا جی چاہا وہ پہناتی رہیں اور میں ایک مجسمے کی طرح بے حس وحرکت بیٹھی رہی۔ آخر انہوں نے دو گھنٹے کی محنت اور بک بک کے بعد اپنا کام ختم کر لیا، بڑی بھاوج مجھے آئینہ کے سامنے گھسیٹ لائیں اور کہنے لگیں۔ لو اب دیکھ لو کچھ کسر تو نہیں رہ گئی مگر دیکھنا کہیں اپنے آپ پر فدا نہ ہو جانا۔ میں نے اپنے عکس کو آئینہ میں دیکھا نہ تک سنگھار میں کوئی نقص نہ تھا۔ میرے دلہن بنانے میں کوئی کسر نہ رکھی تھی مگر یہ معلوم ہو رہا تھا کہ جیسے میری ہر چیز سے آگ کی لپٹیں نکل رہی ہیں۔ میرے لباس سے ایسے شعلے نکل رہے تھے جیسے اسے "آتشِ سیال" میں ڈوبا دیا گیا ہے۔ میرے موتیوں کی چوڑیوں اور ہیروں کے ہار سے چنگاریاں برس رہی تھیں میں نے اپنے دل میں کہا۔ اللہ میاں میرے جوڑے کی یہ آتشیں سلیں سچ مچ شعلہ بن جائیں اور مجھے لپیٹ کر موت کے گلے لگا دیں۔

زہرہ نے کہا۔ لو بس اب آئینہ کے سامنے سے ہٹ جاؤ۔ اپنی تصویر پر خود فدا ہو چکیں۔ میں آئینہ کے سامنے سے ہٹ گئی۔ اہ میری تصویر کتنی خوب صورت تھی میرے دل میں ایک درد اٹھا۔ ہائے میں نے اپنے شادی کے جوڑے کو کن ارمانوں کے ساتھ دیکھا تھا۔ بارات کے آنے کی دھوم مچی سمدھنیں آئیں۔ ابا اور دادا کان میں آواز ڈالنے آئے ختم ہوا کھانا کھلا۔ مگر مجھے یہ معلوم ہو رہا تھا کہ جیسے میری آنکھوں کے سامنے چلتی پھرتی تصویریں ناچ رہی ہیں۔ آرسی مصحف کے وقت وہ اندر آئے میرے اور اُن کے اوپر ایک زریں دوپٹہ ڈال دیا گیا تھوڑی دیر کہنے کے سننے کے بعد جب میں نے آنکھیں کھولیں تو میری آنکھوں کے سامنے ایک کالی کلوٹی صورت تھی۔ میں نے جلدی سے آنکھیں میچ لیں۔ اس کے گھنٹہ دو گھنٹہ بعد میں نے اپنے بچپن کے گھر کو حسرت بھری آنکھوں کے چند گرم گرم آنسوؤں سے خیرباد کہا اور ایک اجنبی کے ساتھ اجنبی گھر کو روانہ ہو گئی۔

☆☆☆